U0437120

熊培云 著

宇宙并不拥有自身
The universe does not own itself

图书在版编目（CIP）数据

宇宙并不拥有自身/熊培云著. -- 长沙：岳麓书社，2025.4. --ISBN 978-7-5538-2131-3

I.I267

中国国家版本馆 CIP 数据核字第 2024Z6S834 号

YUZHOU BING BU YONGYOU ZISHEN

宇宙并不拥有自身

著　　者：熊培云
监　　制：秦　青
责任编辑：刘书乔　田　丹
特约策划：曹　煜
营销编辑：柯慧萍　杨若冰
责任校对：舒　舍
封面设计：利　锐

岳麓书社出版
地址：湖南省长沙市爱民路 47 号
邮编：410006
版次：2025 年 4 月第 1 版
印次：2025 年 4 月第 1 次印刷
开本：855 mm×1180 mm　1/32
印张：10.25
字数：166 千字
书号：ISBN 978-7-5538-2131-3
定价：68.00 元
承印：三河市天润建兴印务有限公司

如有质量问题，请致电质量监督电话：010-59096394
团购电话：010-59320018

人类是虚构的,
子弹是真实的,
世界是荒谬的。

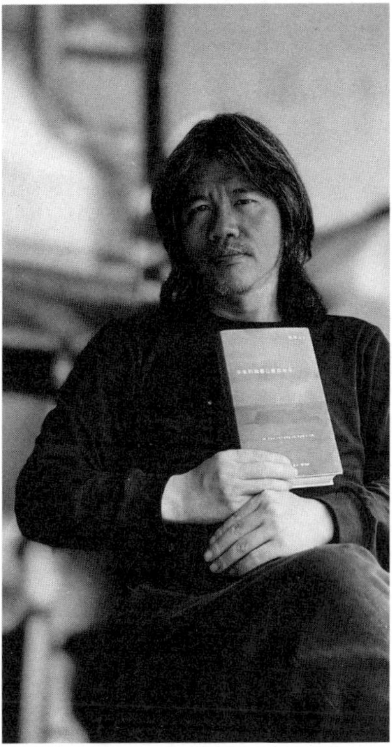

目 录

自序 愿主观世界在算法之外 / 001

第一部分 一行白鹭上青天

第二部分 事物的表面

无人区的夜晚 / 143
读斯奈德的某个清晨 / 144
哲学研究 / 145
正与反 / 147
人心都是片面的 / 149
黄昏鸟 / 151
时光树 / 152

1

自鸣钟 / 153

为灵魂找面镜子 / 155

天空并不发表 / 156

阳光没有沉下去 / 157

下雨天 / 158

我看见一个小岛 / 159

陌生小镇 / 160

陷阱还在暗处运行 / 161

明天会更好 / 162

灵魂将如其所是 / 163

人是孤儿 / 164

伊甸园 / 165

九月 / 166

乌有街十号 / 167

大鱼 / 168

事物的表面 / 170

神话 / 171

月亮雨 / 172

除草的人 / 173

宇宙并不拥有自身 / 174

乌鸦 / 178

时间的齿轮 / 179

第三部分　穷人的慰藉

在梦中　/ 183

祖国　/ 184

穷人的慰藉　/ 185

樱桃的滋味　/ 186

如果已经体面告别　/ 188

马里昂巴德　/ 189

鲨鱼　/ 190

景恒街　/ 191

岔路　/ 193

地铁里的稻草人　/ 195

树枝不会断　/ 196

另一种末日　/ 198

第四部分　隐喻的悲悯

海明威　/ 201

分药器的夏天　/ 203

轻与重　/ 204

十字路口　/ 205

尖叫　/ 206

内部的森林　/ 207

词语　/ 209

我们从不哀悼　/ 212

人子　/ 213

苹果落在明处，也落在暗处　/ 214

消失的夏天　/ 215

上帝不保佑加沙　/ 217

死神又换了镰刀　/ 218

蝴蝶梦　/ 219

消失的黑天鹅　/ 220

魔鬼的早餐　/ 222

卑微的事物　/ 223

野生的上帝　/ 225

脱水的云　/ 226

当我厌倦人世，开始爱上活着 / 227

时空避难所 / 229

无知之幕 / 231

没有人能走进自己的命运 / 232

在他乡的雨中 / 234

第五部分 独幕剧

人类生活研究 / 237

有关一棵树的死亡 / 239

如果天堂也有地狱 / 241

可疑的仰望 / 243

母鸡并没有压迫鸡蛋 / 244

天鹅 / 246

未来是一个隐喻 / 247

未走完的道路 / 248

数沙子的人 / 249

枯井 / 250

追杀 / 251

世界末日 / 252

蚂蚁 /253

我的生命 /254

影子 /255

清晨是走向尘世的渡口 /256

我的宇宙朋友 /257

在梦里做客 /259

人间的食粮 /260

人要走在自己的黑暗里 /262

不合时宜的微笑 /263

黑暗私有制 /264

口袋上帝 /265

饥饿的时辰 /266

赞美诗 /267

狐朋狗友 /268

死亡集中营 /269

笼中鸟 /270

第六部分　虚构的星辰

一、荒谬时间　／275
二、水面上的陀螺　／289

附录一　没有角度就没有风景　／298
附录二　唯有文学能够重整宇宙秩序　／303
附录三　夏日　／310
后　记　夜幕永不降临　／312

自序

愿主观世界在算法之外

摆在读者面前的是我的第三本诗集。封面照片是几十年前我出生那晚的月亮。这一次比较特殊,我是在病床上完成的诗稿。诸事抛开,专心致志。

有些人是为写作而生的,我属于这一类。虽然麻烦不断,所幸我还能顺畅表达。无论身心遇到了怎样的困难,周遭出现了怎样的纷争与倒退,我的主观世界依旧完好无损。而写作的意义还在于,可以在日积月累中不断拓宽人的疆域。

每天仰望亿万年前的星空,脚踏亿万年前的尘土,呼吸亿万年前的空气,我们生活在一个超级古旧的世界里,而作为古老文体的诗歌所见证的是唯有快乐和痛苦每日弥新。尽管时刻面临种种数字化的压迫,由于会感受、表达和超越痛苦,所以人类的荣光还在。

当越来越多的人为人工智能的到来心存忧虑时，我依旧可以执着于自己独一无二的创造。以我有限的幸福体验，宁愿相信人类的主观世界在算法之外。至于客观世界，面对种种电子奴隶的悉心照料，人类精英们早已经准备拱手相让了。

回顾三十余年的写作，我常常后悔没有将更宝贵的时间用在文学上，而是不断为所谓时代进步交思想税与良心税。毕竟在我的天性里，相较于世俗的进退浮沉，我更在意的是自适自洽的心灵生活。也是因为写作上的这种顾此失彼，我会感叹曾经出版的每一本书都成为了自己，唯独我成为了别人。

我离想要的人生相去甚远。好在上苍慈悲，给我机会在去年完成了诗集《未来的雨都已落在未来》的出版，这对我来说是莫大的安慰。而今年养病期间又从零开始写完了长篇小说《三段论与红磨坊》与诗集《宇宙并不拥有自身》。刊发卷首长诗《一行白鹭上青天》也算是了却一桩心愿。回想上大学时曾经在图书馆里信手写过的几万字叙事诗，早在为生活打拼的年月里遗失了，伴随那些年一起丢掉的还有我的诗歌理想。

同样遗憾的是人类一直在一条错误的道路上

狂奔。

法律规定人的生命神圣不可侵犯,却忽略了一个生物学上的重要事实,那就是所有生命都有保质期。俗话说有恒产者有恒心,更深层的逻辑是,无恒身者何来恒产?是故有名言"我死之后哪管洪水滔天"。既然连我们的生命都不是真正意义的私有制,人又如何能够拥有随时可能变质、衰朽甚至消失殆尽的物?当一个人声称自己可以恒久地拥有某物时,就像一个注定会破裂的鱼缸炫耀自己如何拥有里面的水草和鱼。

名义上我们拥有自己的生命和财产,但说到底都只有一点体验权而已。然而有多少人为并不存在的事业与成功宁愿抛弃自己宝贵的时间,挥霍唯一的生命与人世体验权。

像富豪存在银行里的一堆数字,更多时候所有权只是一种名义。一个名义上拥有十张床的人和一个名义上只拥有一张床的人,谁更幸福呢?如果仅从财富的角度来看,前者的确拥有更多,然而具体到感受方面,没有谁能同时躺在十张床上。

人真正拥有的只是感知所带来的东西。英人乔治·贝克莱有句著名断言,凡是不能感知的就不存在。依我之见,关键不在于凡是不能感知的就不存在，而在于凡是不能感知的就无意义。

而文学之所以有恒久的价值正是因为它一直致力于人在感知上的探索，包括痛苦、欢乐、迷惘、憎恨与慈悲等等。客观世界就那么大，真正迷人的是每个人心中的意义世界或者想象世界。

感知并非只是来自视、听、嗅、味、触等五感，还包括想象，它来自人的心识。如果一个人想象自己心里有一颗太阳，那么这颗太阳作为一种意义实体而存在，它就不是虚无。区别只在于客观的太阳照耀世界，主观的太阳照耀内心。这么说不是为了区分什么唯心主义或者唯物主义，而是正视想象之于人类的价值。

月亮为什么照耀？花朵为什么绽放？鸟儿为什么歌唱？这一切都不是为成功而来，与所有权更没有什么关系，而是关乎事物的本质。

> 宇宙并不拥有自身，但宇宙如其所是。
> 灵魂并不拥有灵魂，但灵魂如其所是。

诗人之所以热爱写诗，同样是因为诗人要如其所是。我相信每个人都有其本性，而大多数人的本性是在其活着的时候不知不觉死掉的。茫茫人海，我们一生中会遇到无数人，悲哀的是，终此一生可能我们都不会遇见自己的灵魂。

想起前不久我在楼下配了一副多点变焦眼镜，看眼前的事物总像水面波纹。也许这动荡、漂浮甚至不规则就是世界本来的样子。而生命就像水面上的陀螺，无论怎样忙碌与旋转，最终一个个都要沉入水底。和世间万物一样，有一天我也将离开这个世界。在这短暂的一生中，如果我还有一点卑微的幸运，就是可以在文学和艺术等想象的维度中继续触摸一个无穷无尽的宇宙。

熊培云

2024 年 10 月 28 日

J. H. 街

2025 年春节我回到乡下，在接下来的一个多月里常在山里散步，从此无论北京、纽约还是巴黎都变得无比偏远……我还看见许多人都在欢呼 DeepSeek 的到来，而我对生成式人工智能总是保持着某种审慎态度。昨晚接受一个电话采访，还说了句悲观的话——既然我们都是数据，如何反抗数据库？在海量的训练数据面前，人要么融入，要么消亡。当然,本质上说命运也是一整套算法。

几十年的高歌猛进,人类终于为自己制造了一个无所不在的牢笼。它带来了各种便利,但现在人的境遇是,活着就意味着对数据库的投诚。理论上我们每天起早贪黑都是在为这训练库输血。从此世界越来越扁平化,每个人都行走在无边无际的平均数的大雾里。慢慢地在精神世界里我们学会了自给自足,互不相欠。

而大雾也将淹灭那些真正的人类创造者。他们不是不存在,而是不再被看见。在李逵和李鬼的混战中,最后满世界都是李鬼。

科技的发展注定会为人类带来前所未有的饱和,无论是创造力、人类自身还是未来随处可见的机器奴隶。面对各种算法,我真切地看到人类有足够智力解决匮乏的问题,却不一定有智力解决丰盛的问题。回望人类历史以及我们自己的一生,恰恰是适度的匮乏给人以动力与希望。

真正糟糕的是,在一个饱和的世界里,作为意义动物的人类也渐渐失去生存的意义。在创造领域,尤其文化艺术,拥挤与饱和的结果就是彻底祛魅以及各种意义感的丧失。就像今天立等可取的 AI 创作注定会淹没无数人的创作与圣杯。

作为永远的人生半成品，我不能说如今自己彻底地逃进了诗歌。现代社会其实是逃无可逃的。我们路过人世又幸存于人世。而活着，亦是一次漫长的分娩。幸或不幸的是，每个生命都离心离德，没有谁全心全意救出过自己，或迎接自我的诞生。

无论是技术上的加速主义，还是减速主义，茫茫宇宙枯荣既是宿命也是本分。而诗人虽飘渺，但其对自我的诚意或许更接近本质。事实上，虽然我试图从现实之中撤离出来，但生命的热忱还在，更无意于成为食莲者（The Lotus Eater）终日躲在幻觉之中。

走在开满山苍子的路上，忽然想起一件事情。我大概是最早将小说 *Cold Mountain* 介绍到中国来的那个人。记得当时亚马逊网站成立没多久，很偶然我在上面看到了年度畅销书榜。一个南北战争的逃兵，漫漫回家路……觉得故事很有意思，于是做了简单的编译发在报纸上。

而真正让我感兴趣的却是作者弗雷泽的一段访谈。他在大学教书，带着家人在乡下居住，而且养了几匹马。很多年后我还在 *Monocle* 杂志上看到弗雷泽的另一则访谈，仿佛昔日重来。而且他是那么爱他的家乡。

无数的人,和主人公英曼一样,莫名其妙卷入时代的洪流,成为其中的一名战士。然而战场只有焦土,没有故乡。

这么多年过去,我时常会想起这部小说。Find your way home,寻找回家的路……当一个人开始成为逃兵的时候,他终于知道自己要为什么而战了。

2025 年 3 月 6 日又记
云居山下

第一部分

一行白鹭
上青天

引子　爷爷的葬礼

1983年,爷爷死了。
死后第三天,由村里的八仙
抬着棺材上山。
按老家当地的风俗,
出殡时我必须头缠红布坐在棺材上面。
像是参加一场戏,我还不知道如何哭。
山路很泥泞。
送葬的队伍大概有几十个人。
在我的至亲之中有几个哭得特别用力,
女人们的悲伤像在唱歌。
他们不时要停下来磕头。
鞭炮的叫声尤其惨烈。
死神一声不响地在后面走着,
他脸色阴沉,嘴里叼着一个烟斗。
大概走了两里路,死神对棺材里的爷爷说,
我累了,你出来让我躺会儿吧。
爷爷坐起身,从棺材里
轻飘飘地爬了出来。
接下来死神代替爷爷躺在棺材里,

继续由八仙抬着。
太阳偶尔会从云层里出来,
棺材在阳光下闪闪发亮。
那天我的身子压着死神,
像骑着一匹黑色的骏马。
爷爷紧跟在我身边,
一瘸一拐地为自己送葬。
他轻微的叹气声只有我能够听到。
我说爷爷你要是休息不好就别去死吧!
爷爷没有说话,继续走着。
过了一会儿他突然说道,
孩子,你知道地球只是银河边上的
一块鹅卵石吗?
这是爷爷留给我的最后一句话,
也是他陪我走的最后一段路。
那年我十岁。

1

一片漆黑的羽毛,落了一夜,
终于来到我的面前,在黎明变白。
1973 年 1 月 28 日,这是我

在人世的第一个清晨。
我是半夜出生的,
母亲带我走了很远的山路。
那一夜我先冲出了黑暗,
接着又冲进了黑暗。
母亲说生我的时候鸡也叫了狗也叫了。
这是几十年前的事了。人这一辈子
听不了几声鸡鸣狗叫就老了。
如今我只是躺在病床上看月亮,
看它带着宇宙古老的枪伤
悬挂在高天之上。

2

六年后的另一个清晨,
我去一排经常漏雨的房子里
领了两本书,交了两块三毛钱,
然后回了村子,我已经是小学生了,
从此做了一粒读书人的种子。
脚踩着尚未晒干的泥土,
还记得村口几坨金色的牛粪,记忆里
不经意的永恒之物。

从那天起我正式接受教育,
有了老师和同学,
也开始了对故乡和天性的背叛,
以及漫长而深不可测的沉沦。
拿着一张又一张优秀的成绩单,
盖了一个又一个红戳,
我跟着一群又一群人走了。

3

男人在女人的身上沉没,
女人在孩子的身上沉没,
无数的孩子在上学的路上沉没。

1985年夏天,我十二岁,
《明天会更好》刚刚推出,
我一边在学校读书,一边在山坡上放牛,
当时并不知道周围的道路
有我一生所有的埋伏。

4

村后祠堂里的熊氏宗谱对我说,
你出自江陵世家,是屈原的后人。
小学熊老师对我说,

你是屈原第七十二代,
我是屈原第七十代。

血脉这东西我完全不懂,
只知道它既可能从过去流向将来,
也可能从现在蔓延到过去。
因为热爱诗歌,也尊重屈大夫的
"虽九死其犹未悔",
年纪轻轻我便笑纳了这个祖宗。

可是在我刚到世上的时候还没有屈原。
屈原是我上了小学以后才降生
在我的耳廓里的。

这世上是不是先有了我才有了
我的摇篮,

我的父亲,
我的锄头,
我的祖先
以及我所认识的宇宙?

5

亲爱的校长,你从嘴里吐出一架楼梯,
你要我奋斗,然后又说
所有的努力都只是为了进入
生命的橱窗。
可是我为什么一定要参加
这无意义的展览?

亲爱的校长,当你带着师母一起奋斗,
只是多生了一个孩子,
为什么就被学校开除了?
而现在我们没有孩子了。
你消失以后
孩子们继续在学堂里哇哇大叫,
从一开始就牢记"a、o、e"。
长大以后才知道发音的原理是

嘴巴越张越小,多么像

我的理想,
我的欲望,
我的慈悲。

6

万物皆有开端。
大学毕业后我曾经作为记者
在矿工的鼻孔里挖煤,
也曾路过无边的沙漠
看见被晒干了的灵魂的海。

我并不忠于城市,
在城里我思念没有铺路石的荒野。
我并不忠于夏天,
在夏天的时候我会思念
寒枝上的雪。

和所有平凡的人一样,
活着活着人就会从森林变成孤木,

最后变成一根枯木,一堆灰烬,
直至连灰烬也消失不见。

人啊,就是因为看得见未来
才要学会闭着眼睛生活。

7

失明的太阳走在天空的盲道上,
但这不影响它光芒万丈。
当我在烈日下劳作,
阳光是生活审讯室里的强光。

那些日子太阳火辣,田野明晃晃的。
潜鸟不再歌唱。
穷人栽种庄稼,富人栽种穷人,
这是一部人类简史。
当回忆铺开的时候,仿佛隔着一层大雪。

8

火热的夏天,我和妹妹以及父母一起
在水稻田里插秧,
割禾,打谷子,堆草垛,
举着军用水壶喝井水,
一家人同时对太阳和生活低下
卑贱的头颅,
在光天化日下受苦。

只有我在嚼着谷粒听张雨生,
我的未来不是梦。那是1988年,
两伊战争结束,亚洲人口突破三十亿,
和迈克尔·杰克逊一样
我的皮肤还是黑的。
如今当年的歌声与歌喉都已经远去,
未来与过去都是一场幻梦。
我和妹妹还有后来的弟弟都进了城,
父母也差不多丢掉了自己乡下的一切。
土地的意义只为生时受苦与死后埋葬。

命运的铁锤,总是要击打铁砧,

把我打造成一把锄头，一把锹，
或抛向天空，或立在低矮的墙角，
被光明晒黑了的骨头，身子坏了就回炉，
继续在火焰中翻身，叮叮当当地响，
继续冒着火的星星和垂死的浪漫主义。

在乡下，我一次次路过
那家叫人世的铁匠铺，
慢慢地这铁匠铺也要消失了。

9

又是美好的一天，雨还没有下，
天空的百衲衣打满了乌云的补丁。
每一天蓝光初现的时候，
我便在心里高呼

"我爱清晨，如爱生命"。

我唯一的肉身与无数的灵魂啊，
我是我走过的路，
我是我做过的梦。

我是我所有的颠沛流离。

上帝死了,人开始迷恋自己。
聪明的萨特应该知道,
多少人还未逃出他人的地狱,
又堕入到自我的地狱之中。

不要想太多了,无依无靠的人,
爱这世间的荒诞吧,
除了荒诞,真的一无所有。

10

勇敢的驯兽师,已经把遇见的
老虎都变成了猫。
辛勤的园丁,明确规定
玫瑰只能长成向日葵。
这世上有锦衣卫,也有老灵魂,
你为什么不扛上贝多芬的背景音乐,
去扼住命运的咽喉?

11

暑假的一个小雨天,村里来了位占卜师,
穿着一身米色的罩袍,就站在枣树下等我。

"你是不会走进自己的命运的,
你连自己都没有,何来你的命运?"

他接着说,你只有开始写诗了
你的命运才会真正开始。

两年后的一个雨天占卜师又来了,
当时我已读到高中,他扳了扳手指,

"你写诗了,但是你写的诗并不存在。
你是不会走进自己的命运的。"

说完占卜师扬长而去,并且从地上
拽走了一株新长出来的枣树苗。

最后一次见到占卜师是在大学毕业前的
一个傍晚,我暑假刚刚到家,

这次他只是赶巧路过,浑身湿漉漉的,
像个落魄的赊刀人。

"你爷爷如果一直写诗,当年我遇到他时
恐怕他已经饿死了很多年。
就不会有你爸爸和你。
你是不会走进自己的命运的。"

算了,你还是走吧。我忍无可忍,
一气之下把占卜师打死然后埋在了枣树旁。

12

父亲坐在沙发上,
人生就是命啊!
以前家里那么困难,要不是
老天爷派几个畜生来帮忙,
你们怎么可能读得起书?你看呐,
养的猪婆每年下两窝崽,
自己到池塘里吃浮萍和螺蛳,
从来不去祸害队里的庄稼。
养的牛婆每年下一只牛仔,

它平时去山坡上吃草,
太阳落山时自己回来,
从来不用我操心。
地里的棉花也听话,
别人一亩地产一百斤,
咱家一亩地产三百斤。

"好吧,感谢上苍!
感谢畜生!感谢棉花!"

13

越来越多的人去了南方以南,
看这些历史的候鸟,人是真的会跑的。

那一天刮着北风,雪还没有落下。
父亲擦着鼻涕,又说过了冬至,
白天就会变得越来越长,
可是天气却越来越冷,
更残酷的三九天还在后头,
但是万物皆有时差。
好日子慢慢就到了,着什么急呢?

你看我从来不对水稻大喊大叫,
就算是老天想要改变人世也得有个过程。

14

想起上学的时候,
哼着《卖报歌》与《读书郎》,
每个大雾天出门都背着
一个洗旧了的黄书包,
也许上面还有个褪了红漆的五角星。

半路上我曾经看到一个农民用板车
拖着半边猪在路上走。
这里以前是半边街,
不知道从什么时候改叫了半边村。
住在半边村的农民
大家都叫半边人。

去外婆家的路上经常经过
一个叫寺前的村子,
可是这里方圆几里都没有寺庙。
舅舅说,菩萨也保护不了自己的家。

在我放牛的地方有一座宝寺,
小时候大雄宝殿就已变成了水牛的厨房。
夏天,一个寻牛的老和尚来到这里,
没人知道他那天抱着自己的脑袋
在没有佛头的石像前痛哭一场,
也是哭声帮他寻回了牛。

15

不要去想悲伤的事了,
尽情快乐吧!那时候我想,
孩子快活了,国家才快活。
我要成为那个在夜里无缘无故微笑的人,
在路上无缘无故奔跑的人。

"我的身躯在雾气中挺进,
我的双脚在地面滑行,
早雾浓重,
渐将故园消隐。"

十六岁写下这些诗句,
我决定离开贫瘠的村庄

到遥远的地方去,
相信只要用心记着
几个热爱的词语,
从此我就是一个不会
迷失故乡的人。

走南闯北,年少时的白日梦啊,
我种下的金字塔还没有发芽。

16

岁月啊,悄悄流逝!
无论生活在哪片星空下,
都会悄悄流逝!
年轻的时候总以为
时光流逝了,我依然在。

我曾经在巴黎的墓地间徘徊,
在明亮的钢琴曲里
踏入天国的河流。
也曾在东京的车站里望乡,
为几个远渡重洋的汉字。

从西方到东方,我遇到许多奇怪的人,
听到许多奇怪的事,
外国的月亮很美,
可惜上面没有云居山。

雨收了,云散了,星星落下,
时光一天又一天地土崩瓦解,
大自然从来不为自己准备
一块像样的墓碑,
只有人会注意到墓碑也在消逝。

17

当我从他乡回到故乡,
山涧被占领了,
道路被占领了,
寺庙被划进了景区,
熟悉的香樟树被掺进了
水泥和废铁,
云雀进化成围栏里
突然窜出的狗。
狂吠,一声接着一声,

为了保卫一个新建的矿泉水厂。
世界早已经乱成一团,
曾经的故乡又被撕去一角。

你怎么能用一张报纸包裹
山顶上的月亮?
像包裹一条死鱼,
里面充满了凶杀、利润、诽谤
和花边新闻。

18

现在我和故乡一样病了。
没有谁可以在时间的伤害中复原。
我血管里的木炭和积雪啊,
还有在里面奔跑的野狗。

大自然并不残酷,
只是不相信所有制和眼泪。
我又看见一棵枯树倒在山岗上,
到处是大自然
看不见的废墟。

如果这里不能成为人的天堂,
至少会成为鸟兽的天堂,
昆虫的天堂,菌群的天堂。

我的心里有一座又一座废墟,
时间久了废墟长出了青草,
长出了藤蔓,开出了花朵。

19

蜜蜂绕着花叶飞舞,
时暗时明,
花园里,每一寸光线
都在衰老。

塔尖上的雨滴,
水面上的陀螺,
穿海魂衫的少年,
赤子都去哪里了?

既然身体是借来的,
影子是不是我自己的?

影子是肉身还是灵魂？

我不了解生活，生活也不了解我。
我是一堆无用的谜团。
唯一肉眼可见的是名义上属于我的
肉体在不断坍塌。
如果肉体只是一座囚牢，此刻
这座黑牢的墙皮正在脱落，
石头松动，地基摇晃，铁门洞开……

为什么要哀伤？
既然终有一天可以越狱，
挣脱监牢或我自己。

为什么要哀伤？
当我化作一片同样无用的废墟，
废墟以上是天空。

20

天空破碎时漏出
阳光、雨水和霜雪，

我破碎时漏出
眼泪、血和微笑。

"暮春三月,江南草长,
杂花生树,群莺乱飞。"

始料未及啊,奋斗了那么久,
仿佛只为了告别一切美好的事物。

水塘里的菱角,
路边的地苙与覆盆子,
水田里的白鹭,
漫山遍野的映山红
和山岭上的夕阳,
扎根泥土的苦楝树,穿透松树林的
风声,还有稻草上晨霜的无瑕,
大雪天里牛栏的寂静……

始料未及啊,寒窗苦读,我告别的
不只是一个爬满泥水的时代,
还告别了一颗温情脉脉的星球。

我爱乡下人卑微的在乎,
一个人病了,亲戚或朋友会提着几块钱的
点心远道来看他,问候他。
我舍近求远到拥挤的城里
寻找一地鸡毛,而一地鸡毛
在乡村本来就有。

21

又梦见自己在飞了。
这回我飞进了一个考场。
监考老师是一个老头,
他一边用目光扫射四方
一边语重心长地摇头摆脑,

你们要行君子之道,勿作小人之为,
瓜田不纳履,李下不整冠。

啊,亲爱的老师,
既然你的试题都是抄的,
我的答案也应该是抄的才行,
这是向前辈看齐。

22

动荡的世界,无聊的劳作,
带着徐嘉良和柴可夫斯基,
又一次我来到了河边。

在命运的屋檐下,在岁月的刀斧中,
一个我说,你怎么能把河岸当作看守?
另一个我说,你怎么能把河水当作犯人?

几十年过去,这个脸上长满雀斑的
乡村少年相信自己一生中最好的时光
就在大河边上。

一个漆黑的夜里,坐在他乡的雨中,
我思念河水的源头也思念最后的海洋,
思念所有孤独的桥。

23

世界总是以最简单的
真理运行,譬如

最后的火焰必带来最后的灰烬。
我还知道银器不能够咀嚼,
只适合陈列与偷窃;
小提琴不会下雨;
白菜不会唱歌;
再肮脏的泥土也会安葬好人。

太阳从这边落下去,
必然在另一边升起来。
可是人心也会像花儿一样掉落,
枯萎在时间的窗台。

人生最大的痛苦莫过于
回不去的伊萨卡岛与走不出的滑铁卢。
就像我的故乡和我的爱情。

每个人都卑微而不易,
当百年孤独的雨落在我的身上,
我知道即使最肮脏的女人也有一颗
乌尔苏拉的灵魂。

24

如何在梦里捕捉女人体内的
鸟鸣和雨水?

在阳光下,
在长满薰衣草的地方,
我曾经遇到一位漂亮女人,
她说她的身体里有一架粉红色的钢琴,
只要我进去就能完美地演奏世界名曲。
前提是我必须流放身体内的
月光、火把、岩浆与江河。

许多年过去,
我时常想起那场中断的音乐会,
现在宁可独自躺在树林里,
看高处的树枝在摇晃,
低处的花朵也在摇晃,
山风微微吹着,
我想起地中海。

25

不要炫耀巴黎有一座铁塔,
纽约多么繁华,
整个银河系都够不着
宇宙的郊区。

我曾经在泰晤士河边流浪,
在桥边的小酒馆里
先后遇到伊朗人,叙利亚人,
塞内加尔人,乌克兰人,
摩洛哥人,马达加斯加人,

最后还遇到一个热爱游牧的
巴西姑娘,她学德勒兹哲学,
是圣保罗的城里人,一听我说起
中国的手扶拖拉机就哈哈大笑。

姑娘说我们活着的时候无数次脱胎换骨,
带着各自的命运终于走到了这张方桌前,
我说我们都是冲出自我重围的难民,
一路逃荒逃到小河边。

那天我点了一杯拿铁,
姑娘点了一杯卡布奇诺,
在她暗蓝色瞳孔的倒影里,我看到
两个人踩过各自的累累白骨走到了一起,
换来两杯咖啡的交流。

26

那天晚上我还做过一个奇异的梦,
在天庭图书馆做馆长,
接待一位身着华服的游客,
他自称从人间来,
并且带来许多寻欢作乐的影像
和尘世的消息。

我问他为何在亲吻时要闭着双眼。
他说精神交流时肉体参与就没意思了。
他又说人互相看得太清楚就没意思了。
他接着又说肉体交流时
精神参与也没意思。

并问我,你的童年有几个抽屉?

你的抽屉里有几片天空?
他喜欢在女人的身体里拉抽屉,
抱紧舌头的跷跷板。
几天后他还没忘给我写信
略述自己在人间的得失:

"精神交流时我总想着女人
身上没有的东西,所以什么事都搞砸了。
肉体交流时我想的是有一点是一点,
所以我在人世是快乐的。"

27

当绿叶变成黄金,秋天又要丰收了。
这些年我还没有去过常州,
听黄庭坚的后人感叹
百无一用是书生。

我虽然去过米纳克,却没有机会
和某位年轻的艺术家一起
在康沃尔做爱,
那里有剧院和大海。

28

在阿诺河畔,一只公羊丢失了牧羊人。
一脸愁容的文森特举起酒杯,
兄弟,都喝了吧!

如果我是天才,就成为画家。
如果不是也不耽误回国
继续开我的手扶拖拉机,
和心爱的女人一起去天堂。

都说世界上有两样东西不可直视,
一是太阳,二是人心。
几年以后,文森特对我说,
到女人那去吧,带上你的墨镜。
过去的女人像诗歌,现在的女人像宪法,
一个女人就是一个国家,
唯独不是想象中的天堂。

29

文森特继续说他只有两个时候是幸福的,
做爱的时候和不做爱的时候。

所以理论上他每天都是幸福的。
嗯,理论上是这样。不凑巧的是,

我想做爱的时候在监牢,
不想做爱的时候在妓院。

30

慈悲的夜空,装满了亿万年前死去的星辰。
文森特说,最好的博物馆在天上。

这个可怜的人,
提着猎枪,独自在街上游荡。
文森特说路过他的路灯都知道,

"我愤怒过的事都还在,
我交配过的人都散了"。

五月的一天,文森特决定独自去见上帝了。
他把枪管塞进嘴里,
直到枪管温热以后才扣动扳机。

文森特希望自己死去的时候
死神对他充满爱。

"棒!"枪响了。死神赞美了他。

31

每个人走在自己的大火里。
我听诗人说,爱情只是许多大火之一种。
"野火烧不尽,春风吹又生"说的
不只是小人物面对命运,
还有人不死的情欲。

然而我决定放弃了,
我要成熟一点。
可是人为什么要成熟?
锈是成熟后的铁。

带上不被理解的幼稚,
这一天我决定等我的 UFO 一起离开地球。
我看见正义女士此时也心乱如麻,
她不想再管人间的事了。
我说一起走吧,趁着月光满地,
虽然我和你所处的世界不在同一个宇宙。

32

可是我还在这颗蓝色星球上。
又一个清晨,太阳吹灭满天星光,
并且扛走了月亮的探照灯,
寂静的聚会解散。

我看见鱼从树上游下来了。
我听见四声布谷清脆的叫声,
在尚未散去的黑暗里。
一朵乌云飘浮在我的床上,下雨。

怎能不怀念春天的时候,
燕子把窝搭在房梁上,
如在空气中浮起一个岛屿。

"有朋自远方来,
不亦乐乎?"

有燕子的地方必有天堂。
更别说从前新屋上梁的时候,
一群孩子在下面嘻嘻哈哈,
等待真正的梁上君子
抛洒生活的糖。

33

大雾起来的时候,
四眼狗跑出了村庄。
在老屋的门前,
三脚木马已经支好,
年轻的父亲弓着腰,
一脚踩在杉木上,
一手拉着锯。

那时我还小,蹲在地上,
握住木锯的另一边。
这是我第一次

和父亲面对面干活。

你来我往,
在那个羞怯的清晨,
我们不停地锯木头,
看时光的木屑
纷纷扬扬地落了一地。

34

下雨天,一只小燕子
从窝里掉了下来。
当时父亲正在吃饭,只见他
放下手中的碗筷,
找来一把梯子将小燕子放回窝里。

我在天上的灵魂羽翼未丰,
相信掉下来的时候
也有人扛来一把梯子,
可是谁又是那个老男人?

35

河对岸的陌生人
正在举行舞会,
褪色的月亮
从马背上掉下来,
我是那个永远缺席的人。

微风吹起波纹,
我看见更多的人死在河里,
更多的船病在岸上。

在鄱阳湖边,
一只刚飞来的白鸟
站在浅水里,
又迅速飞了起来。

如地上的一块雪
重新落回天上。
无法想象这白色的精灵
如何想象自己是整个宇宙的中心。

而我恰恰是这个该死的
宇宙中心。

为什么我醒了,
清晨也醒了?

为什么我来了,
夜晚也来了?

为什么是我看见世界,
不是世界看见我?

至少在活着的时候
每天无处可逃。
每天马不停蹄地感受一切
又日以继夜地淹灭一切,
到头来都是空梦一场。

36

我的梦进化了吗?
一个进化论的逃逸者,

总是想着退化的事。
过了争辩的年纪,我不再责备达尔文。
他想用一只猴子换走我的祖先,
而我只问他,如果进化是对的,
为什么鱼还不上岸?

37

未来的孩子啊!这一点千真万确,
自行车不会自己进化成汽车。
但生产厂家可以做到。
人们看得见地面上
起起落落的尘土,
每天上演无数光的戏剧,
却看不见天上还有一群群
手忙脚乱的神灵。

没有人间的进化,
只有诸神的研发。
也许人世是一个低维度的物种市场,
我们这些良莠不齐的生物,
都是来自天上的加工厂。

38

太阳刚到午后就落山了,
我的暮年比别人来得更早一些,
我的暮年是我的
也是我独一无二宇宙的暮年。

躺在一米八的大床上,
肋骨是我唯一的乐器。
握紧的拳头
像一朵枯萎的玫瑰蜷缩在黑暗里。

那些我爱过的人
与无数令人窒息的表格
为我垒起漫漫长夜。

39

知道我病了,宿命的北风
给我打气,
把窗户吹得鼓鼓的。

每个天体都有自己的轨道。
明日的天空会不会自己逃跑?
我看见世界摇摇欲坠,
更艰难的日子还在后头。

如果星空如湖水大门紧闭,
如果天空结冰了。

40

打开手机,误入
最新版本的《明天会更好》,
看那些虚张声势的惨白面孔,
轻捻手指的刻意回眸,
不但有气无力,而且大多数歌手的嘴里
都挂着一张黏性十足的蛛网。

坚硬的石头都不见了,
是谁把软糖砌成高墙?
回想当年穿透时间与灵魂的歌声,
每个人都有饱满的
血性、高亢的音色与明亮的骨骼。

那年我十二岁,刚刚在一个明亮的夜晚
捡到自己的灵魂,
也踩在一个蒸蒸日上的时代的起点。

41

水的一生都在流浪,
每一个日子也是。
清晨,睁开眼睛,
一只白鹭飞过来,
我的白天开始了。

正午刚过,
当天开始暗下来,一只白鸟
飞落在旅舍的屋檐下,
在我孤独的朝圣路上
差点与我撞个满怀。

远处的池塘开花了,
漾起一圈圈的涟漪。
我想象中的灵魂

大概是白鹭的模样,在黑暗中
威风凛凛。

42

也许生活可以更自由点,
你的第一根铅笔是五岁时父亲给买的,
词语来自祖先的发明,
太阳和月亮古已有之,
同样古老的还有土地和空气。
地里冒出来的粮油虽然不会大丰收
却也勉强能够维持温饱。

为了丰富一个人的内心,
你还将遇到足够多的
世态炎凉与背信弃义,
以及疾病、衰老、重生和暴风雨。
你出生时这世界准备好了一切。
还要什么呢?如果想当个诗人
只要另外领养一只白鹭。

简单即自由。

聪明的人啊,
困在炉膛里的灰尘
和困在锁孔里的微光,
有什么区别与意义?

43

我知道疾病是我的乱世,
健康是我的安稳。
在遥远的城市,每天
戴着死亡与欲望的耳环,
走在大街上。

几十年后,我的血管里
有大块的悲伤,
我的路上有深不见底的黑暗。
这个春天,我差点戒掉了
咳嗽、贫穷和呼吸。

未来不可知,也许我会庆幸从此过上
风调雨顺的好日子。

不去想了,拒绝防腐剂,
有机的诗人终究会提前腐烂。

44

死亡?我并不害怕死亡。
我知道向死而生,
还知道向生而死。
而且没有动植物的死亡,
人将无法存活。

人生来就是靠死亡
活着的。
我得承认死亡是面包,
日日喂养我。
造物主通晓一切,
没有外部的死亡我就没有能量,
没有内部的死亡我就不能生长。
每天有死亡的一部分
就有我新生的一部分。
当我全死光了,就彻底去了新地方。

45

坐在床边换了一双鞋,
起身走路时刚换下来的鞋还在。
我走出了房间,
好像另一个我还在床上。

46

现在我习惯躺在病床上,
读了一天的书,
不小心被宋体字硌着了的灵魂。

接下来又是一个失眠的夜晚。
让我安心地装睡吧,不要叫醒我,
我于世无害,
快去阻止那些装醒并且梦游的人。

灵魂在寂静的山谷里走着,
一直来到时间的尽头。
曾经走过的道路,如我牵着的孩子,
在我消逝以后变成一个孤儿。

47

未来不可知，有一天我是否和神一样
进退失据，用我的雨浇灭我的火？
我看见死神躲在花园里。
想象那个针对我的核按钮
就握在死神手里，
剩下的事情是定点爆破，
在春天的夜里，
死神又一次在我的身体里
升起蘑菇云。

48

时间是司令，
胡乱地开枪。

偶然性是司令，
胡乱地开枪。

命运是司令，
胡乱地开枪。

无数的我是无数的司令,
胡乱地开枪。

49

枪?
现在每个人握着一部手机,
如握着一杆影像冲锋枪。

到处是梦幻泡影,
《金刚经》不够用了。

50

很多年前,
在被高烧烫红了梦境的那个夜晚,
我第一次想到人会离开这个世界。
一时茫茫无着,恐惧穿透全身。

后来我知道生前一无所有的人,
死后什么也不会失去,
所以那一刻我是幸福的,

所以放弃挣扎的人是懂人生的。

你能拥有什么呢?
我一遍遍拍打记忆中的枣树。

只有我做的梦是我自己的。
只有我没说出的话是我自己的。
只有我没发表的诗是我自己的。
只有我没公开的想象是我自己的。
只有我没开始的人生是我自己的。

前半生酒精,后半生阿司匹林,
一个手无缚鸡之力的孩子
在黑暗里紧紧抱住自己的命运。

51

年轻的时候喜欢看歌德,
到哪都相信这个德国人的鬼话——
我将紧随内心的召唤,
无论命运的大风将我吹向何方。

现在我不那么盲目了,
托技术的洪福,目的地越来越清晰了,
缩进,缩出,
高德总会娇滴滴地告诉我
生活无论好坏不外乎东西南北几公里。

52

打车去看病的那天,
司机进错了车道,
围着医院又转了一圈,
像是给遗体告别。

一个温柔的声音说,
生是短暂的,死是永恒的。
如果死亡意味着我将由短暂走向永恒,
想一想这也是一种安慰。

我们原本是空皮囊,
被填充了道德、法律、艺术、正义、激情
与一点点可怜的意志。

各种材料为我们支撑起意义的蛛网,
再加上一根训练有素的脊梁。

53

又来医院了,一项例行检查,
像宇航员进入太空舱,
像水牛进入屠宰机。

我进来时所有的野兽都进来了,
知了也进来了,
它们排着队,
吱吱呀呀锯我的骨头。

还有打谷机、缝纫机、砧板和铁刀,
小时候见过的水车和风车进来了,
它们在我耳边逐个发表演讲。

只有
一只白鹭
在地板上
跳舞,那是我

逃之夭夭的
灵魂。

54

离开医院之前,
我身上的叶子都掉光了。
这一年春天没有出门看花,
躺在病床上,我错过了
院子里的海棠花蕊。

由于无法照料,就把猫关了起来,
是我的疾病让世界多了一重监狱。

而我也被困在监狱中,
一定是照料我的诸神也病了,
或者他们也已经沦为阶下囚。
不去想明天了,身体里的各种内乱,
战争已经打响。

每天大口喘气,
散去身体里的迷雾与硝烟。

时而通过咳嗽和喷嚏健身,
我知道人世就是最后的天堂,
只是偶尔切换到地狱模式。任凭
噩梦把我变成枯树,
死神的队伍开始在我身上
钻木取火。

火借风势,现在火势起来了,
而我的梦里没有消防队。

55

头晕脑涨。一个人最重要的
不是拥有多少奴隶,
而是能否成为自己的主人。
每次面临选择时,有无数个自我角逐,
就像生命之初的无数粒精子,
一将功成万骨枯。

现在该大发慈悲了。
我决定打开自我的集中营,
释放里面的战俘。

无数被监禁与流放的自我啊，
我曾经带着你们走过世上最艰辛的路，
后来又为了某个目标撇下你们，
如今我来寻你们了。

我没有更远大的孤独的目标，
让我们成群结队一起走向光芒的尽头。
我完整地来到人世，也将完整地离开。

命运是风，我的意志不能选择
是顺风而下还是逆风而上，
现在只能假装大风并不存在。

56

在梦里，我听到一个嘈杂的声音，

先生，你下来推一下吧，
地球不转了。

那个声音接着说，
早先上帝带着一帮人也下来过，

推了几下，不过后来他又回去了。

在梦外我看见电梯里挤满了
戴黄色头盔的男人
和女人。
每一个鼻孔里
都有箫，
嘴里都是
讨生活的羽毛。

57

曾经见过一个人，
也许是死神手下的一只猫，
他告诉我
人不只是一根会思想的芦苇，
还是一根深情的芦苇。

几个月后，在帕斯卡的河边，
我又看见了
死神的行刑队。
所有人都花枝招展，喊着嘹亮的口号，

正在枪杀一首诗。

诗歌将拯救世界。是谁说过
审美乃伦理之母?

58

天空飘过来一个声音,断断续续,

"每个人在活着的时候
都只属于自己,
孤零零的,
只有在死了以后才属于人类"。

59

在这世上我已经活了很久,
遇见无穷无尽的人,
也常常在正午照镜子,
在黑暗中彻夜难眠,
但我从未遇见那个最想见的自己。

那又如何？我愿意被照见
尼采的永恒轮回。

你遇到过世界上最美的河流吗？
我没有。
有一天我发现
所有河流的梦想都是投海自尽。

哦，大海，光秃秃的大海。

60

精明的学者在正午的阳光下端起酒杯，
这世界上没什么啊！
价值本位、权本位、圈子本位和亲本位，
既然人生不过是一场游戏，最重要的是
知晓游戏规则。

跌跌撞撞，路过我的
每一块石头都知道，
我还没有学会
忍气吞声。

我的人生还没有开始。

我看见鸡进了鸡埘,
牛进了牛栏,
天又暗了下来,
为我的梦牵一只骆驼来吧,
一起穿越沙漠与荆棘。
人死了,就像寄出的快递,
一袋接着一袋,
离开荒芜的太阳系。

61

午夜时分,月亮来过了,
进一步确定我病了,而且很重。
如果有人来找我,就告诉他
我的灵魂已经去了遥远的小镇。

也许我还会回来,
就像秋天一样还会回来。

几十年前我用过的驳壳枪不见了,

小学不见了,连环画不见了,
热闹的操场和昏暗的礼堂都不见了。
唯一剩下的是一场大雪在记忆里一直下,
雪没过了我的黑短筒雨靴。

62

不同的声音
从四面八方涌过来,
汇聚成一个声音,

"地球在变暖,
人心在变凉"。

63

小时候天真的很冷啊!
鼻涕是我们唯一的冷饮,
拳头是我们唯一的干粮。

不对不对,孩子们围着石碾子打转,
那里有我们最喜欢的糯米饭团。

小时候真的很冷啊！
走路时还不忘用铁皮罐子装几块炭火，
像装着司汤达的世界名著，
一边走一边甩，
一边唱歌一边冒烟，
无数的小于连，
知道不幸的人有时也能在北风中取暖。

人是活着活着才发现自己是孤儿的。
我躺在床上，觉得自己
安静得就像一个孤儿，
一盆冰冷的火。

你知道的，火也没有自己的父母，
只是寂静地燃烧。

64

光阴交织，树影摇窗。
我看见了自己挽起裤腿
在稻田里抓鱼，
给棉花球裹上软泥，钓起

路边的青蛙。

一个年少的屠夫!
学会打开手电,
以光明为诱饵。

而那轮由黑夜分娩的月亮,
天还没亮就被天空收走了。

65

暮色沉沉的村庄。
我又看见几个老人,
可能还有我饱经风霜的祖母,
在黎明时分,重新扶起
落日与炊烟。

想起老村长,这位老工具,
摊开布满老茧的双手,
像是有裂纹的青铜器,又像是旧石器。
那年我坐在村口的石头上
听老村长的抱怨与教诲——

干了一辈子好事,只落了个

"修桥补路瞎双眼,
杀人放火子孙全"。

我问他为什么,
他的沉默和眼神一样空洞。

几十年后我有了自己的答案,
为什么?
"剪除好人,让上帝彰显。"

66

血吸虫起来了的时候,老村长还年轻。
他暗下决心无论如何这个村庄的人
都不能再到前面的小河里去挑水吃了。
这是几十年前的事,鄱阳湖涨水
会把大量血吸虫带到上面的水田来,
即使水退了钉螺也会留下血吸虫。
有些人因为感染得了大肚子病,
然后死了。

类似悲剧不能再发生了,
虽然这是很小的一块土地,
和井口上的天空一样小。

他先把自己推上了村长的位置,
垒一座砖窑烧火制砖,再带上村民
挖一口二十米深的水井。
一口二十米深的水井就是
给故乡装了一个二十米深的钉子,
可以把村庄牢牢地钉在这片土地上。

现在推土机把村庄都推平了,
越来越多的人消失在遥远的城市,
水井又变成了水田,
老村长的功绩都被抹平,
几十年的钉子被拔掉,
故乡的影子就要飘走了。

老村长指着后山上的祖坟说
那是一堆钉子,
有旧钉子,也有新钉子,
它们都不深,但是也不少,

所有身体里的浮雕都被扔进火里，
而我即将变成又一个新钉子，
一个肉钉子，在遥远的城里
提前烧成了灰。

67

我来到世界的时候，
水牛在河里喝水。

我离开世界的时候，
水牛在屠宰场。

有一天我将归于尘土，
世上的流水也将归于尘土。

是谁在提着马灯
在山坡上寻找童年？

为什么北风还没有扑灭
我骨头里的火？

68

我认识的一个放牛郎,
他吃奶吃到五岁,
鼻涕像胶水。
年轻时他总是渴望有一个大房子,
房子前面有一个大泳池,
每天可以干干净净地在里面游泳,
自己撒尿自己喝。

忍辱负重许多年,
后来他做了镇长。
几年前托关系在省里最好的医院
给母亲约了一个手术。
几天后所有计划都取消了。
他母亲的病悄悄地好了,
是死亡痊愈了所有的病。

69

西方人弑父,
东方人救母,

各自的传说。
人类总是被两大古老的情结缠绕。

母亲,多么神圣的字眼!
即使父亲逃之夭夭,
每个人都有自己的母亲。
而我的母亲还总是告诉我,
人的眼泪往下流。

几十年前的某个夏天,
两个偷柴人慌慌张张跑进我的村庄,

"救命啊嫂子"!

他们直接钻进我的家里,
紧随其后是十几个穷追猛打的护林人员。
当天母亲正在坐月子,
她以瘦弱的身体
把那一群人挡在了门外,说

叫花子门口还有三尺硬土,
各位请回吧!

虽然口口声声不肯罢休,
那群人最后还是陆陆续续走了。
而被救下的两个偷柴人几乎跪在地上,

谢谢嫂子啊! 以后路过我们村
一定进屋喝口水。

举头三尺有神明。
三十年后那块三尺硬地
甚至保护不了自己,
自从考上大学,我就如鸡犬升天
不配再拥有祖先的土地。

如今我在城市里居住,也没有地方
为生活种下一根甜高粱,想起老家
山上山下到处都绿油油的,
曾经为抢绿色能源打出人命的柴火
再也无人问津。
我知道人类消失的时候,
有些野兽已经绝迹,
有些野兽已经回来。

70

很多年了,恍惚之间
有个声音总是会出现。

"云子,来归吃饭喽!"

那是母亲的声音,
每次做完饭她喊我的名字,
以两公里地的分贝叫我回家。

有很多时候我并不在外面,
而是躲在房间看书。
此时还有一群人在我简陋的卧室里
滔滔不绝,给我的煤油灯一个乳名,
关心"阿尼阿拉"号的毁灭和世界粮食短缺,
讨论人类的自我毁灭不可阻挡。

饭都凉了。这时母亲必须扯起嗓门
把这些不速之客临时赶走。
一切只是临时而短暂的。
和天底下无数悲剧一样,

结果是母亲做的饭把我养大了,
陌生人说的话把我带跑了。

杜甫把我带走了,
苏格拉底把我带走了,
小王子把我带走了,
光明之子把我带走了,
黑暗之子把我带走了,
佐西马长老把我带走了,
普朗克把我带走了,
《离家五百里》把我带走了,
屋顶上的狂风把我带走了,
像吹散的茅草我被带到了四面八方
再也无法聚拢,再也没有回来。

71

一棵树,刚走了几步
就在林子里跌倒了。
今天不断消失,今天也寸步不移。

明天在哪里?

每天二十四小时,每小时六十分钟,
每一秒都密不透风。

十年前还挺立在山坳上的土砖瓦房子,
在大风大雨中倒掉了。
我和几位朋友曾经终日游荡
在故乡的青山上,
渴望罗伯特·彭斯笔下的友谊地久天长,
现在只有野猪穿梭,
上面已经杳无人迹。

72

雨伞折叠起来的时候,
天空被打开了。
感叹什么呢?那些极少再见到的
衰老面孔,
重逢时每个人都显得情深意重,
远在天边时仿佛从未相识。
我们深陷在时空与人的灰色结构里。
邻近与远方都双双消失了。

你问我，爱人类吗？
我爱。
你问我，爱人类社会吗？
不爱。

比人性更深奥的是人类的结构，
永远参不透的人世谜团。
我在不同城市奔波，曾经发生了的
或想象过的故事，
最好与最坏的一切，
仿佛都跌落在遥远的十九世纪
查尔斯·狄更斯的笔下。

73

每个时代都有自己的恐惧，
所幸还有诗歌。

现在技术降临，诸神隐退。
我也熟记了诗人荷尔德林的忧虑，
诗人的天职是还乡，
而人类的宿命是无家可归。

当太阳再次升起的时候，我看见了未来。
骄傲而自负的人啊，你来自过去的荒山，
通向未来的沼泽，
消逝在二十一世纪技术的雾霭之中。

哦，技术进步，技术进步，
赶时髦的死神年年更换镰刀。

74

也许你并不像我一样总是
被一些并不重要的问题困扰。

巴黎的天空会和我一起死去吗？
我不愿意。
那红色的，白色的，蓝色的天空。

天花板上有深渊吗？
我掉进去时里面会不会
分娩出一个上帝来拯救世界？

为什么空气会爆炸却不会受伤？

为什么海浪摔烂了却不会流血?

为什么诗人说每个问题都是一座城堡,
每个答案都是一座监狱?

为什么诗人唯一看得见的土地
是自己风雨飘摇的语言?

过去的人类啊,为什么仰望星空?
难道大地不是星星吗?

现在的人类啊,
我们谈论的月亮,
和天上的那一堆石头
有什么关系?

月亮没有翅膀,
为什么能够飞翔?

是不是没有天使,所以才有了母亲;
没有上帝,才有了月光?

真的没有永动机吗?如果没有,
为什么宇宙一直在旋转?

为什么死去的人更加挺拔?
你看那个人躺在那里,枕着一身傲骨。

相爱的人会不会一起去天堂?
橘子和苹果是否会一起去天堂?

我不知道在食物链的两端,
猎人和猎物是否会一起去天堂?

啊,无路可逃。如果我去了天堂,
我的地狱也去了天堂。

75

机器在轰鸣,即使被消了音
我都能听见它震耳欲聋。
到处都是紧紧咬合的齿轮
和密不透风的表格。

一阵风怎么能被关进盒子？
一朵云怎么能被关进盒子？
一粒种子怎么能关进盒子？

在一个人还能追上鸵鸟的时候
你怎么能把他关进盒子？

76

我的耳朵又在争吵。

一个人说，
十九世纪世间一切终结于文字；
一个人说，
二十世纪世间一切终结于图片；
我只知道，
从今往后世间一切终结于表格。

77

早已经习惯了胡思乱想。
每天我就这样带着一大堆的疑问

活着。

为什么要去看花?
你看不看它都会凋谢。

《创世记》大洪水的源头
是不是上一届人类的眼泪?

黑暗是不是魔法师,
每个夜晚弥合天与地?

为什么那么多人都在谈论爱?
明知道爱让我们懦弱、恐惧
甚至害怕死亡。
反倒是无休无止的恨可以让我无牵无挂,
有勇气与整个宇宙为敌。

还有就是我的咳嗽
与苏格拉底的咳嗽有什么不同?

为什么在梦里按不下手机的快门?
为什么在生活与伟大作品之间

有古老的敌意?

说好的人人死而平等,可为什么我们
只会搂着特定的身体哭泣?

哎呀,这些都不重要。
一个在病床上垂死挣扎的人,
脑子里想的只有动物大迁徙。

78

秋天,我去过大河边的小房子,
那里曾经是神的庙宇,
如今早已经变成一片断壁残垣。
人的境遇虽然与神略有不同,
但都有自己注定的没落和衰朽。

我看见河水光着脚,
从冬天的山里跑出来。
只为了追问我一个问题——

你把遗产留给了孩子,
可是人类遗产最后交给谁?

79

冬天的早晨,
推开门,
大雪跪在地上。

我在牛栏的
稻草棚顶里掏鸟窝,
一轮月亮挂在天上。

几十年后,我忧伤的沙子
已经可以铺成一条林间小路了,
等待阳光和麻雀一起从树缝中掉下来。

80

夜晚,盖上被子,
就像给铁锅盖上锅盖。
从来没想过生活上的细节——

上帝是否刷牙,
是否和我一样住肮脏的旅馆?

天堂是否有投票,
有被选举人?

多数是大于二分之一
三分之二还是四分之三?

这么多年过去,
伊甸园的蛇先知是否拥有一票?

如果因为倒时差
上帝错过了主持人间公义,
这算不算自然灾害?而上帝是否可以
以不可抗力之名为自己免责?

81

上帝,你这并不存在的存在,
我发誓你反对并摧毁的
通天塔已经建成。

每个人都很孤独,坐在高高的塔顶上,
此刻四周无人,
只有起伏的大风和默哑的群星。

然而我知道,人类有共通的语言。
在最受欢迎的词语里
有金钱与咳嗽,
毒药与手枪。
唯独痛苦不是。
爱不是。
眼泪不是。

上帝,为什么地球上的每一种语言里都有
母亲、死亡和告别?

82

上帝隐身于万物,
诗歌隐身于词语,
人不可能同时在山脚
又在山顶。

总会想念年轻的日子，
可以抽骆驼，
吃一整根的油条。
还可以坐在枣树底下，
花一整天的时间
给关心的人写信。

诗人说要找回你破碎的心，
让它在看见你的时候为你流泪。
而我看见你是地上最孤独的群岛，
也是天上最安静的乌云。

不待起风
每个人的内心都有大雨滂沱。

83

很多年前，上帝死了，
牛马继续繁衍，雨依旧下。
上帝死了，
人更自由了，责任更重了。
可是人更轻了，谁知道呢？

在这飘浮不定的世上,
挤满了失踪的人。
无论幸福还是痛苦,
当时都是感受,过后化作云烟。

我听到汽车在暴雨中轰鸣,
何必为不能控制的事物哀伤——

谁活着的时候不是颗粒无收,
谁死了以后不是片甲不留?

有什么好热闹的呢?
或许那个远离尘嚣的人更接近历史。

84

年轻时我也曾在孤独的河水里望见天堂,
每个人都不一样的大地上的天堂。
远处炮声隆隆,我知道
不断地走向地狱是人类的宿命,
因为天堂反对天堂,
因为天堂与天堂相克。

上帝，自从走出了最初的摇篮，
（是被赶出还是逃出，这是一个问题）
人就没想过回你那单调的伊甸园。

上帝，你无事不知，应该也知道
那个鸟语花香的笼子太过统一了，
太不符合人性了。

我楼下的邻居都会问，
有什么好的呢？
甚至连情欲和手机都没有。

哦，现在情欲也没有了。
量化登顶，数字极权，人文衰败，
单向度社会覆盖整个地球。

85

上帝全副武装，天使各就各位。
乌鸦在树枝盘旋。
克里姆林宫上空的月亮像镰刀。
战争已经打响，死神开始暴饮暴食。

乌克兰与俄罗斯，
以色列和巴勒斯坦……区别只在于
政客批发死亡，扔原子弹，
我们零售痛苦，抛掷梭镖与谣言。

剧烈动荡。
从什么时候开始，为着怎样的理由，
这人世突然切换了模式？
谢天谢地，目前我还活着，
只是身体在颤，手机在抖。

86

科技昌明的时代，
尼采死了不会再回来，
上帝死了随时可以复活，
再造一个新的，
既然电子佛祖有了，
电子上帝也该显灵。

你造你的，我造我的，
各自制作不断迭代的神。

87

早就习惯了从一个场景
换到另一个场景,
人到中年就已经锈迹斑斑。

我是铁锈区里唯一的生物,
我要想象我的重生。
锈迹斑斑的大风吹过来。

遥远的地方,
河流如明亮的树枝
摔碎在大地之上。

88

总有一天,月亮会敲响钟声,乌鸦在枝头集结。
空气,奄奄一息。
空气死在了自己手里。
而我将归于尘土,回到我的天庭。
你举头望见我,望见所有卑微的会发光的尘土。
回想我的一生都在与魔鬼打牌。

我出星空,他出沼泽。
我出一首诗,他出一场灾难。

89

上山下山,总有一些日子被墓碑环绕。
今天我要陪着太阳一起落山,落进土里。
如果能在太阳升起的时候
和野草一起复活。
还记得小时候常常看见村子里
有人在杀狗。
狗被绳子吊起来挂在树上。

杀狗的人强调不要把狗放下来,
最好是直接扒掉狗的皮。

——因为狗是土命,
土命的狗放在地上就有可能复活。

我也是土命啊,
与尘土和月光打了一辈子交道,
一辈子的仆仆风尘。

90

很多事情一开始就是一辈子,
比如活着。
天又亮了,我终于闭上眼睛,
为那些曾经热爱还将继续热爱的一切。

如果上帝能紧急撤回一场风雪。
如果死亡像候鸟,我在北方消失
又在南方复活。

如果我的另一段生命将在我死后重生,
你为什么说星星是坠落了,
而不是破空而出?

91

我不再关心森林与野草的长势,
迟早有一天它们会覆盖人类。
也不必关心风从哪个地方来,
迟早有一天它会将我吹倒。

在两个向日葵之间
牵一根忧伤的绳子,
那里有风和阳光,晾晒我的虚无。

听夏日的风瑟瑟作响,
看山顶上白衬衣飘扬。
我与上帝各司其职,
我的虚无是白色的。
我的虚无一无所是,除了有自己的白。

92

村子里的老人说,
很久以前月亮是个暴君,
它会割掉孩子的耳朵。
如今天上仍有明月在,
而我内心的月亮却已暗淡。
你看死神的马车震耳欲聋,
让我已经听不到世上的哭声。
好吧,好吧。如果我明朝不幸死去,
天底下将不再有人受苦。

下雨了,我在黑暗中散步,
有蟋蟀在墙脚打铁。
无助的人啊,
死亡既会带走希望,也会带走绝望,
没有谁的死亡不是与世界同归于尽。

93

这是一颗孤独星球。
地球上有八十亿人就有八十亿的孤独。
所有人都会老去,直至消散了
八十亿的孤独。

我们终将归于尘土,
书桌上有尘土,
天堂有尘土,
桃花源有尘土。

94

我总是一不小心看见
自己的骨灰。

乌云掀翻斗笠，雨一直下。
1992年，我在日记里默默呼唤
我的神明，想把自己的一生
献给真理、爱和未来，
那时候我不知道这约等于
把自己同时献给
石头、剪刀和布。

忧愁的年岁，我曾经
用油墨、瓦砾、松针、鸟鸣
和雨水捏造出我的心。
这一生最好的路与最坏的路
我都走过了。
我走到了希望之巅
就走到了绝望之巅。

当我相信贫穷可以
治好我的饥饿，
疾病可以
恢复我的健康时
神来了，不过是死神。
他夹着卡宾枪和创可贴，

头上戴着一顶 1985 年的金黄草帽。

我没有与死神搏斗,
我只是恰巧走在不同弹道的
罅隙之中,像醉酒的尘埃
跳动在光线里。
可我从来没有躲过厄运的雨点。
箭矢如雨,时空错乱,
我在乱世穿行了两千年。

也许我只是诸葛亮军阵中的一艘草船。
在后来的战争里草船和江水都烧成了灰。
如今我的书房塞满了各种
旧书、羽毛和罗盘,
你知道历史唯一的真相就是
无人生还。

95

一只飞鸟自空中跌落,
一块草地被割草机收割,
哪一种死亡更慰藉人心?

在梦里,我和送葬的队伍走散了。
我送自己走下台阶,
我躺下来了。

今天阳光真好。
我安静地躺在那里,
树木像议员守在我的身旁。
我在等待风开始沸腾,
等待田野里挤满月光。

幸存的人啊,
所有的生命都是蓝色的,像无垠的天空
最后会汇入永恒的黑暗。
我们都是死亡练习生。

时间的房子总有一天会起火,
所有门都关上了,我们无路可逃。
在生命的屋檐下,死神饥肠辘辘。

忘记这一切吧,
请一起到我的白日梦里
栽种玫瑰和向日葵。

96

大风起来的时候我想写几封信,
一封给月亮,一封写给死神,
可是没有他们的地址。
我感谢了月亮借给我灵魂,
并告诉死神我们的约会暂时推迟——
过些年再来吧。

剩下的信还没有写完,
写给祖先,我曾经在江边的浮云里
望见你白衣飘飘。

写给浮世,从泥土到上帝。
可是也都没有找到地址。

我说上帝啊,你知道宗教只会让人
变得更谨慎或者更疯狂,
而不是区分善恶。

97

给事物合适的
命名吧,让它不朽。
昨夜我又看见戴面具的月亮
和月亮上的马车。
忘记一切吧,
一个人如果爱的是高空的月亮,
就不太会在意附近的低树
和远处的鸟群。

也许你会说我有些愤世嫉俗,
批评我不能喜欢雨水,
却又讨厌降落;
喜欢词语,
却不喜欢语法。

其实,我只是厌恶
用语法来代替词语,
用填表代替生育,
用诊断代替治疗。

如果夜的种子不再结出黎明的果实。
如果我不再醒来。
母亲、伴侣和儿女,
我拿什么感谢你们?

98

我在春天病了。
我的宇宙命悬一线。
诗人说春天是一个残酷的季节。

你问我好没好,
我只能说就像房子拆到了一半,
停下来了。
是的,火烧了一半,
停了下来。

嘘,别开灯!
黑夜会愈合所有的伤口。

99

走在路上,突然想给
二十年前的自己打一个电话,
告诉他我已经走上了一条错误的道路。
结果对方占线,那些年我总是那么忙。

年轻时我爱上了比自己还孤独的文学。
我的内心充满了力量与希望,
路过的人以为我爬上了绝望之巅。

把自己从人群里找出来关进房间,
我就逃脱了世界的外部。
把自己从欲望的高台上推下去,
我就逃脱了自己的内部。

不要害怕绝望,不要害怕绝望,
有时候绝望只是最好的陪伴。

100

相信未来?相信未来。
这些年我就是这样做的。
我从来没有梦见子宫,
却梦见过坟墓。

过去我随身携带两把刀,
一为出逃,二为自戕。
可是帆船并不诅咒大海,
我也依旧热爱着这个世界。

101

许多年过去,我从来没有
为自己不幸的命运泪流满面。
也许肆虐的风沙吹开过我的泪花,
让我的面孔看起来像一座悲伤的花园。

曾经以为理想是降落伞,
可以助我轻松跳落群星。

才知道理想也有轻重缓急,
人生有限啊!

102

为什么奋斗?
如果成功乃厄运之母。

亲爱的人啊,有些理想一旦实现了,
反而可能是荒弃一生。

为什么去远方?
明明知道你到了远方,
远方就死了。

103

猎户座上的人类,
蓖麻子和刺猬
是近亲吗?

天国的河流

还没有经过我的家乡。

你看月亮的甲板上
布满了坑坑洼洼的铆钉。

104

每日匆忙赶路,
我还没有来得及为我的世界命名,
那是我亲自创立的世界,
通过走私获得的星球。

我的子民,我还为他们特别兴建了
一个四面透风的决斗场。
从决斗开始的第一天起
大家就没再停止欢呼。
我让很多奴隶以及有想法的人
在上面打仗,
还记得第一天风大得像机关枪在作响。

在那个荒唐的梦里,我唯一的皇后,
她是来自古罗马城或者火星的荡妇。

那是我年少的时候留下的风流账,
此刻她就坐在我旁边看得津津有味。

她不知道我的身体里有一片沙漠,
我同样没有来得及为我的沙漠命名。
有一个人在沙漠里面走了很久,
就是走不出来。
我能看清他的容颜,却认不出他是谁。

他是从1985年开始走的,
偶尔在他身边还会有绿洲和骆驼刺。
那时我只想在银河边继续经营
爷爷留给我的烟草店,
专门给路过的行人卖水和骆驼牌香烟。

如果那人面善,我还会附赠一本
油印的诗集,名字就叫
《宇宙并不拥有自身》。

105

"古人论心不论迹,
今人论迹不论心。"

爷爷曾经这样说。
爷爷喜欢教我喝酒,他是乡村诗人,
方圆二十里没有一个同伴。

"诗人是什么?"

爷爷说诗人是这样的一群人,他们
先想象一只并不存在的蝴蝶,然后
跋山涉水去寻找它。
你可以变成蝴蝶,或者蝴蝶驾驶员,
这样生活会更容易些。

啊,你会遇见聪明的庄子,还有深情的
梁山伯与祝英台。
他们都是隐形的蝴蝶驾驶员。

"你快点长大,

我会教你隐身术。"

这天爷爷多喝了点酒。
年轻时他曾经搭梯子给白云浇水,
让雨落下来浇灌他的菜园。
那时候奶奶还在,
爷爷和奶奶相亲相爱。

爷爷说,孩子,喝酒,喝酒,
醉了你就能推开每一粒尘埃中的门,
你会见到里面有一个提灯笼的人,
还有一个村庄,周围长满了香樟树,
香樟树主要用来制作棺材与提琴。

"人先死于宿命,后死于葬礼,
但是我会在葬礼上复活。"

爷爷说,尤其是在奶奶过世后,
想死和能死的念头
陪他度过一生中所有的难关。

106

涨大水的那年,爷爷的病越来越重了,
弥留之际他又不想死。
爷爷想让我为他画一张门神改变命运。
爷爷和父亲说死神提着一个没有火苗的
灯笼在等他。
可是我还没有学会画画,救不了爷爷。
而且我像一团烂泥卧在床上,
我喝多了。
那夜月亮悬于屋檐下,敲响生命的钟声。

107

十岁了,我还不会做梦。
爷爷有些着急了。
他请人来为我作法,丝毫不起作用,
最后想到了教我喝酒。

爷爷要死的那两天,
我酩酊大醉,做了这辈子的第一个梦。
我上天了,梦见爷爷教我隐身术。

不对，是整个世界都消失了，
爷爷把世界都隐藏起来了。

醒来的时候我只听到四周都是哭声。

很快我知道爷爷没有教会我隐身术，
所有人都吃惊地看着我，

"云子活过来了"！

爷爷是真的死了，几天后
他被八仙抬上山就消失不见。

108

"如果有一枚'求个死'戒指，
你就可以隐身！"

那时我还不知道什么是裘格斯戒指，
就以为只有死亡可以让爷爷隐身。

"要死就死在黄道吉日！"

这个在黎明寻找黄昏的老头,
连殡仪馆都抓不住的爷爷,
直接躲进了泥里彻底隐了身。
往后的日子,我能看到的爷爷
只有神龛上的一个灵屋和一副挽联,

"日落西山常见面,
水流东海不回头"。

两年后在我做一道数学难题的夜晚
突然意识到爷爷永远消失了。
我在作业本上写下爷爷的笔名——射天狼,
也许他还是一个天文学家。

一只猫在房梁上散步,
突然停下来对我说,

把我关进笼子里吧,
我要思考人生。

我知道那只猫是在嘲笑我。
现在我学会了隐身术。

现代社会每个人都学会了隐身术，
也学会坐在火山口取暖。

在水草丰美的人世，
为什么我看到的只是
贾科梅蒂的火柴人，
艾略特的空心人，
屠格涅夫的多余人，
而我走着走着变成了半边人。
一个人受尽四面八方之苦，自顾不暇，
徒以良愿济世。那就是爷爷和我。

109

北方真冷啊，彻骨的寒风
一直吹进了心里。
年轻的时候只是想着
到北方的海边读点书，
结果海没见着，书无意义，
我却留了下来。往后的日子
每年都要做几个月的企鹅。

110

铁怀孕了,生了锈。
血管怀孕了,长了斑块。
时间怀孕了,有了历史。
土地怀孕了,长出了棺木。
痛苦怀孕了,写下不朽的诗篇。

好吧,活了那么久,
也许我应该感谢痛苦栽培。
可是,如果从此过上了幸福的生活,
我会让痛苦失望吗?
痛苦会为此难过吗?
痛苦会不会觉得我不堪大任?

111

一只梯形的猫被困在草地上,
几块鹅卵石在河边沸腾。

坐在巨大的树根上,我曾经梦想
做一位行吟诗人,提着

收购词语的铃铛，
走遍宇宙的每一个角落，
在野地里遇见乞丐和圣贤
也遇见国王和姑娘。

日子一天天过去，
我用几十年的循规蹈矩来远离诗歌，
现在我更想赞美因自由而落难的诗人，
如同赞美所有的颠沛流离。

是诗人给风声、雨水、石头
以及树木和大雾以灵魂。

是诗人伙同雨水和阳光
对天空与大地缝缝补补。

是诗人在忧伤与虚无之间
宁可选择忧伤。

诗人无私地爱着这个世界，
这一切不是来自神的旨意，
而是隐喻的悲悯。

112

诗人从不问自己
为什么迷恋词语的炼金术。
络绎不绝的词语,
我古老的烈火与青铜。

当个诗人就好,
不用聚餐,
不用填表,
不用选举,
而且是无人弹劾的终身制。

我还看到无数诗人
翅膀还在,
只是在笼子里飞。

赞美这些卑微而高贵的灵魂吧,
世界再小,天空还在。

113

月亮又来看我了,
这次一句话也没有。
外面很快就要下雨了。

天空如沙漠,
漫天的白骆驼
变成黑骆驼。

大雨,像一把巨大的笤帚,
将我扫进家门。
一个四处游荡的人
那一刻不再无家可归。

114

我要继续写诗了,
再残破的世界,也会有人
找到一个安静的角落抛光词语。
再遥远的废墟也会长出
鲜艳的花朵。

天上掉下来一架钢琴,
紧接着又掉下来一个秃子,
他是天使。
我来历不明的想象力啊,
也荒诞不经。

好久没有见过天使了,
他自带干粮走在前面。
天使要我跟着他走,随后转过身子
从耳朵里掏出一支手枪,
又从嘴里吐出一副手铐。

115

生活啊,
我曾经在空旷的场地上
抽过一次奖。
而且中奖了。
奖品是再抽一次。
这种以虚无奖励虚无的方式,
多么像我的人生。

116

你举起酒杯,
问我这辈子最大的懊恼是什么?
让我想想。
也许是有一天早上
我的又一首诗自尽了。
虽然我尊重它的选择,
但这件事还是让我很难过和无能为力。
那是我前一天晚上刚写好的。
醒来时发现它已经
倒在了血泊之中。

至于哪个是凶手,谁知道呢?
也有人说,唯有死亡让诗歌完整,
说不定是诗自我进化了。

罗丹的石头,
里尔克的词语,
夏加尔的颜料,
无论这些天才从里面救出什么,
魔鬼、天使或者上帝,

最后都是人迹，
而有人迹的地方就有
说不尽的谜团。

117

日日夜夜，
我听到肚子里
有人在呼喊
我的名字。

他说他是我。
我好奇自己是如何吞下自己的。

118

继续朝前走啊，
脚上面是胃，
胃上面是心，
心上面是大脑，
大脑上面是天空。

现在我躺下了,
五脏六腑都平等了。
另一个我在天上,
天空审判我。

119

而宇宙在黑暗中保持自己的神秘,
我也时常侧身在自己的黑暗中,
诗人总是孤独的。
他们歌颂万物,又将自己
置身于万物之外。

你问我该不该臣服于几个词语的把戏,
甚至抛弃过去的生活。我只知道
诗歌既续命又夺命,
是避难之所又是暴乱之源。

每个人都只能走上并不属于自己的
唯一的道路。
从填空到填表,
从小学到大学,

从国外到国内，
为了一连串的无意义，
我曾经几番活活打死
内心的猛虎、白鸟和雷霆。

120

太阳升起来了，
太阳每天都是旧的，
只有闪电是新的，
它转瞬即逝，
没有过去的辉煌
也没有未来的疤痕。

月亮又不见了。
我要独自启程，
去寻找属于自己的夜晚。
我是我的未来。

121

到处是尖叫的海鸥,
我看见海水正在漫过街道。
地球是我们的家园,
可是地球无家可归;
地球是我们的母亲,
可是地球并没有自己的母亲。

我未来的孩子啊,
你要成为自己的母亲和家园。
仅有美是不够的,还要活下去。
世界上有最艳丽的花朵,
却没有比活下去更美的事物了。
我曾经厌倦活着,可当我经历了
一次又一次的死而复生,
死亡又是多么像无聊的工作与爱情
让人厌倦!

122

我未来的孩子啊,
那些飘落的羽毛
只有长在飞翔的鸟类身上
才是最美的。

我曾经看见一只蝴蝶
被剪去了翅膀,
像所有的生灵最后都落了难,
在风尘仆仆的路上。

我停了一会儿,
当时也只是路过,
像诸神路过人间。

123

人性?人性的真相是,这些年
我信任自己的事情想做什么都做成了,
我信任别人的事情基本都一败涂地。

那个说好了要护佑我的神
是否也因战败逃之夭夭?

现在我病倒在风声里,在黑暗中
舞动遥远的琴弦,
爷爷说过,我指尖的旋涡里有星空。

124

如何飞行?
我未来的孩子啊,
让我来教你,
我曾经做过几个月的
蝴蝶驾驶员。

你先要找到一对
合适驾驭的翅膀,
保护好它们,
然后对折起来,
不断跃起,不断对折。
不断跃起,不断对折……

125

梦里又降温了,阳光越来越微弱,
我该准备些木柴,
把它们堆在墙角。

那样阳光可以坐在柴堆上面歇脚。
准备一些牛奶和咖啡,
或者核桃、燕麦、黑芝麻与巴西梅,
放在桌上,再轻轻搅拌一下。
准备一点波尔多红酒,
不多不少,放在桌上。
桌子不必名贵,
松木或樟木的就可以。
以及必要的甜点,
包括糯米点心也都放在桌子上。
虽然为了健康我已经多年没碰过它们了。

刚收到的诗集就放在布包里,
布包也放在桌子上,
暂时不必拿出来。
我醒着的时候读过的诗太多了。

白鸟最好带上一只,
它必须有谦逊又骄傲的羽毛,
我很久没见到它了。
再带上几个下雨天吧,
我居住的北方太干燥了。

当然如果这个世界从不下雨,
你也不会觉得它少了点什么。

126

大概就是这些。如果明天
我在梦里再也没有醒来,
这样我什么也不害怕了。
我想念年轻时的农历三月,
那时我在南方,
经常走在一条宽阔的大河边上。

我未来的孩子啊,
这个习惯走着做梦的人,
现在想躺下了。

刀鞘是不是刀的坟墓？
我就要死了，可是我
还有一百万年要留在人间。

如果可以休眠就好了，醒来的时候
是地球上的最后一个夜晚。
世界是寂静的，
虽说事物结束总是比开始更拂动人心，
但是一想到自己即将站在
永恒寂静之开端，
那想象中的世界末日
让我的内心如此安宁！

127

爱过我的人啊，
生命是一场场叛乱。
世界原本寂静，
叛乱将被平息。

128

雨下下来了,
没有绕开地上的一棵树,
也没有绕开树下的尘土。
雨还要下,
雨还没有滴到我的心上。

129

雨还在下,
从枝叶上流下来,
从瓦沟间流下来,
从小溪里流下来。
瀑布和大江大河的经验
也都是水往低处流。
滴滴答答,那只是人类看得见的世界,
那只是下流的声音。
我种下的乌桕树知道,
即使是在干枯的季节,
森林里还有一条条向上的河流。

在暗处，有些人会往低处走，
有些水会往高处流。

130

太阳落下，月亮升起，
两个世界周而复始，
永远不用担心劣币驱逐良币。

而稗子和稻谷
终有一天都会离开土地，
又回到土地。

我在人间如空气，
不要复活，不要复活，
唯有死亡可以永生。

131

这一生我跨过很多桥梁，住过很多地方，
一路上我遇到了大慈大悲的人，
也记住了背信弃义的人。

为什么好人总是颠沛流离,
而坏人却永远活在我的心里?

为什么月亮没在天上?
为什么每天都有大量的天鹅死去?

我又在诗里下雪了。
白天和黑夜一样看不见黑泥巴了。

132

几十年来,除了人类
我没有加入任何组织,
直到后来意识到人类并不存在,
从此我又变得彻底孤零零的了。

如果死去的人如虎豹
在风中前行,
如果月亮是一块明亮的墓碑
照耀我明媚的骨头。

133

我未来的孩子啊,今年八哥特别多。
一只鸟死去的时候,天正在刮风,
寒枝上的新雪,木桶里的阳光,
事物之间没有什么联系,
人害怕万物孤独,
就说这只鸟死在风声里。

134

帕拉说,上帝也只是上帝。
我说那好吧。

既然上帝不是人,上帝就不是万能的。
我听到了上帝对自己力不从心的叹息。

我还看到爷爷死了以后
把烟戒掉了。人有人的神秘。

我未来的孩子啊,
这一生我最不想做法布尔的毛毛虫
和达尔文的猴子。
老朋友说他这辈子的生活哲学是
不做巴甫洛夫的狗,
不做维特根斯坦的苍蝇,
不做薛定谔的猫,
只努力做洛伦兹的蝴蝶。
我知道他活着太认真,一大把年纪了
还在幻想哈口仙气改天换地。

其实管他呢!我未来的孩子啊,
也许我更想做普吕多姆的天鹅,
慢悠悠游向自己的灿烂之乡。

这个世界已经被我们改变太多了。
几十年前来到人世我便打开了一个宇宙,
几十年后离开人世时还将关闭一个宇宙。
无论地球怎么旋转,洋流是否逆行,

有没有来自西伯利亚的大风,
我存不存在都会重整宇宙。

136

贡萨洛·罗哈斯是一位诗人,
也是我在地球上的远房亲戚,
每到外地他都会买一份当地的世界地图。
如果没有他故乡的名字,
就把地图扔进垃圾桶。

那天我们坐在一起喝咖啡,
他说他的血管里有太阳,
我说我的灵魂里有月亮。

当时胡安·赫尔曼也在场,
这个老天真说过自己死了以后
身体里埋葬了一朵花,
一只鸟和一把小提琴。

而我死了以后,身体里只有一个
与我同居了一辈子的死神。

还记得有一次死神请客,他问我
你想获得永生吗?
我说我想过,仅在有些时候。
他说那也够严重的,接着他问
你觉得自己配不上死亡?

137

"人类这虚无的种子,
必须有虚无的土壤。"

死神突然变得目光温柔,他告诉我
死亡是人类永久的伤口,
是滔天的洪水,也是最后的拯救。

"不要害怕将来,人只有死了
才算是在地球上安了家,
人只有死了才属于整个宇宙。"

138

日子越过越短,余下的日子
是剩下的日子。
所有的灰烬与余火都是剩下的。
所有的可能都是剩下的,
欢乐与苦难也是。

我知道地图不是疆土,
钟表不是时间,
人性不是人,
熊培云不是我。
未来的世界是我的
也不是我的。
远方的村庄再也不能诱惑我了。

当我离开人世,如果是在冬天,
希望下一场大雪,
毕竟,瑞雪兆丰年。

未来的孩子啊,做梦的时候
我知道这世上只有我一个人,

只是醒来以后我常常会忘记。

我知道无论一生如何奔跑、撤退、拐弯，
我永远只能在唯一的一根线条上；
无论世界有几维，人注定都只是宇宙中
可怜的一维生物。

139

很多年前我就听说
天堂与地狱都消失了，
从此只有人间。
现在时间和人也要消失了，
而我正要离开人间。
在我做过的梦里，
一架巨型的钢铁电梯将我送上天庭，
告别尘世的游乐场与渐渐变瘦的河流，
下面人声鼎沸，我将到哪里去？
没有人知道。
跨过村子外那条
镶嵌着金色牛粪的小路，
我一辈子都想逃，想往天上走。

几十年前我唯一认真接受过的教育是
一行白鹭上青天,
最后它们都去哪里了?

        2024 年 7 月初稿

第二部分

事物的
表面

无人区的夜晚

人总是一个早产儿。
可我年纪轻轻
就感觉自己快要死了。
我躺在世界的尽头,有我在
这里不能叫无人区。
可是灵感,或未竟之词
继续泛滥,神说
把身体里的月光
都抽出来。
天上也有月光,
摔在地上,
满地银色的潮水。
无人区的云,清清白白的,
和夜晚一样寂寞。

读斯奈德的某个清晨

咖啡已经煮好,
马车的铃声在响。

很多天没下雨了。
天干物燥,斧头
升起火苗。

即使连日大雨
火都会烧起来。

例外的是诗人会从灾难中
救出一首诗,诗会救出
一座寒山。

有时候狂风暴雨会让我安静,
黑暗会温暖我的骨头。

哲学研究

有些真理不证自明。或者世界
以各自的真理运行。比如

词语并不忠诚,当语法或语境
开始它的魔法和勒索。这是语言学。

又地震了,震源这次可能是
几张世界地图。这是政治学。

又比如,没有一条河流为了写诗
而忘记流淌。这是文学史。

当狮子追赶羚羊,上帝站在枝头
梳理自己的羽毛。这是宗教批评学。

走出房屋,我先和夜打声招呼,
我们互相递烟,林间有风声。

乌鸦已经沉睡。我说要到林子里去转转,

到黑暗的内部去。

这一夜土地是红色的,夜是蓝色的。
森林里的篝火是绿色的。

当黑暗脱去罩袍,我看见万物如其所是,
这是黑暗神秘学。

正与反

1

在黑夜里,我不眺望星星,
而是寻找站在星星上眺望我的人。

2

我们既通过命名创造事物,
也通过命名毁灭事物。

3

像一位突然的访客,
他出生时冒犯了人世,
他死亡时又冒犯了大地。

4

想起自己的幸福,
白驹过隙啊!
想起自己的痛苦,
黑驹也过隙啊!

5

时间就这么多,
不浪费在这里就浪费在那里,
不在黑暗中流逝就在光明中流逝。

人心都是片面的

车水马龙,日夜轰鸣,
像有尼亚加拉瀑布自
高楼落下。

我时常坐在
最繁华的地方
做最寂寞的事情。

有朋友邀请我去附近参加
文学盛典,而且
有免费的笑容与午餐。

我说不去了,现在我更习惯
戴着不同的面具
和自己聊天。

反正都一样,
人心都是片面的,
没有一个面具是客观的。

我与这个世界渐行渐远,
遗忘我的人并不比
在我心中死去的人多。

黄昏鸟

有羽毛不等于有翅膀,
掠过鸭子的广场
与企鹅的兵营,

一只悲伤的黄昏鸟
在黎明时分飞进了我的梦里,
我听到了它的哭泣,

八千万年前,
是谁先退化掉了翅膀,
然后再灭绝了种群?

时光树

时光树上,每个日子会发芽,
昨日变暗,今日发亮,
明天还在暗处。

走了很远的夜路,
我还没有到过
陈子昂和李贺的墓前,
一千多年过去,他们悲伤的骨头
都已经消失了吧?

这世上曾经有无数墓地,
此刻只剩下土掩埋土。

除了尘埃没有永生。
除了活着没有历史。

自鸣钟

自鸣钟在雾中
不停地鸣响。
我在河边行走。无论看到的是
黄月亮还是蓝月亮,
天空都是黑色的。

熟读《人类简史》,
我找了一辈子的朋友,
最后爱上了狗和猫。
并且堂而皇之地把它们
关在笼子里。证明
我们都一样。

一条鱼为了上岸,
献出了自己
卑贱的骨头。
一只猴子
在阁楼上看见了
自己的未来。

你来我往的人们
每一天的幻灭，
不断的追杀，
在我死后涂上羽毛。

为灵魂找面镜子

已经有一个苹果,
是否必须再找一个苹果?

可是如果再有一面镜子,
不仅会得到一面镜子,还有一个苹果。

如果是一盏路灯,
适合找一把木质的长椅,
或者一个月亮下的苦行僧。

如果是一只飞鸟,可以找一片天空,
或者雪地上的树枝。

为灵魂找一个伴侣,
只会得到一个严丝合缝的笼子。

如果日子毁灭日子,
光毁灭光。

天空并不发表

宇宙静悄悄的,
天空并不发表。
人为什么要表达?
如果不孤独,
不害怕死亡,
不渴望爱与被爱。

鼓槌已经睡了,
鼓却醒着,更沉闷的
日子还在后头。

阳光没有沉下去

雨终于停了。
我们在沼泽地里跳舞,
舞伴一个个消失了,没有人在意。

风起来了。
我们依旧在沼泽地里跳舞,
几只蝴蝶,奋力地飞。

阳光还没有沉下去。
阳光照在沼泽地上,泛着金光。
阳光继续被赞美。

阳光还没有沉下去。
金黄的天空里,漫天的云朵
如乳房低垂。

下雨天

是风
把涂了红指甲的雨水
领到我的门前。

我看见一个小岛

我看见在平静的水面上
有一个小岛。

我看见有人或猩猩爬上小岛，
升起战火与炊烟。

我看见小岛不断裂开，
一点点地沉没。

我看见我趴在草丛中，
为了看那个小岛的碎裂与沉没
耗尽了自己的一生。

一朵云飘散在空中，
看见与没看见有什么关系？

陌生小镇

我在脸盆里打满了水,
很久没有用它了,上面落满了灰尘。

灵魂的马车一闪而过。
我听到了尖叫,

是不是我的鲁莽淹没了
一个陌生小镇?

陷阱还在暗处运行

伐木工人已经走了,
猎人也都回了家,
陷阱还在暗处运行。

明天会更好

下班的人在打卡。
失恋的人在偷欢。

城郊的墓地已开盘。
月光落在幽暗的树枝上。

劳累的火车继续各奔东西。
好消息不断带来坏消息。

灵魂将如其所是

假如没有上帝,
人也要学会自己死亡,
不需要引领,
不需要驱赶。
人死了也不一定要变成天上的星星,
变成一堆石头或者空气。
灵魂将如其所是,
像安德拉德说的
在水里爱着火焰。

人是孤儿

诸神隐匿,
像雾一样散去,
像鸟兽一样散去,
孤零零的。
人要上山、下山,
涉水,做伐木工人,
做猎物与猎人,
做父亲和母亲,
做顶天立地的孤儿。

伊甸园

你在园子里种下的
上帝也该丰收了吧?
苹果一样的上帝,
柿子一样的上帝。
红色的上帝,
黑色的上帝,
蓝色的上帝,
五颜六色的上帝。

九月

当周边叶子和茎秆开始变黄,
葵花子变得坚硬如钉子,
我就可以游到对岸
亲自动手了。

站在我的角度,我不是刽子手,
刀砍下去,收割一个又一个头颅,
并且出售它们的孩子,
只是无数丰收之一种。

诸神也有自己的角度,
人类还没到整体变黄的时候。

乌有街十号

不远处,一群人从作业车上下来。
我靠在路边,思考明天
如何在一粒露珠里避难。

大雨不期而至,之后我被闪电击中。
我在车里轻睡,醒来的时候
人间已经换了招牌。

大鱼

开了两天车,我终于回到了南方。
看完村子里的鸡飞狗跳,
接着去山里走亲戚。

大风围绕着几棵香樟树吹,不远处
有一个男人,长着一副
和我一样的面孔,

他坐在河边,把希望当作诱饵,
刚刚钓上一条绝望的大鱼。

(我在表达什么?是钓上了绝望,
还是大鱼?)

几朵云落在水里,
我猜想此刻一定有神灵在天上垂钓,

把活着当作诱饵,钓走必有一死的众生。
光天化日,对此谁也没有意见,

两块石头同时掉在了地上，
我站在芦苇丛中，
我和尘世一样虚无。

事物的表面

我写下的
每一本书
都成为了它自己,
唯独我
成为了别人。

神话

牛总是会死的,牛肉不会。
牛肉生生不息。

月亮雨

风越来越大,我和月光站在一起看芦苇,看一根根瘦弱的秸秆在晚风中撑起绵羊。

"漫山遍野的绵羊。"

芦苇并不争辩,随你怎么说,想象中的牧羊人呐,如果需要,我们还可以是一片片白云,反正很多时候诗人都是蹩脚的隐喻加工厂。

风越来越大,有雨滴落下来,首先落在鼻子上,然后是手上,在冰凉的夜色里。

一个声音说,看见事物本身,隐喻这东西仅供紧急逃亡时使用,如渡口、扁舟和天堂,而世间万物均有各自的本性和脸庞。

"红色手推车必是红色的。"

另一个声音说,快忘记诗歌吧,你会重新看见芦花一片,白茫茫。是啊,回到事物本身。可我看见的是一场赶往山顶的月亮雨,没到山脚就落下了。

站在潮湿的月光里,如果可以回到事物本身,我是谁?

除草的人

戴着一顶旧草帽,
这个男人把院子里的杂草都割光了。
接下来的几天
又平整了土地,在上面
全部铺上水泥、石头和贝壳。
他顽固得像一把锄头,
把荒野打得落花流水。
我担心他死后还会挪开墓碑,
亲自跑到坟头上割草。

和你说过的,我住在一条大河边上,
泥土和荒草都是我的亲人。
这世界太动荡了,
我们来自泥土,必须靠泥土修复自身。
同样重要的是,在人类消失的时候
所有被打跑的野草
都会回来收拾残局。

宇宙并不拥有自身

我终于离开了医院,
夏日午后,阳光重新回到了
我的身上。
几朵玫瑰在前面走着,
她们笑着跨过门廊。
接下来的日子,仰赖她们的芬芳
我将继续留存在世上,
享受鳕鱼和樱桃,谈论意大利电影,
希尼的半岛以及和毕沙罗一起回巴黎。

我走在几步之遥的地方,
望着她们清瘦的背影,想到自己
走在后面也必将走在前面,
心里便有一些哀伤。
或许有一天我会突然离去,
在她们足够年轻的时候。
新买的诗集刚刚翻开,
炽热的阳光正在照耀山岗。
就像此刻走着走着,

微风掀动门帘,影子越过了玻璃幕墙,
而我变成一堆灰土,
从空气之中跌落到坚硬的地上,
留下的人形空洞迅速被周围的空气填满。

在这个炎热的夏季,
有的人挥汗如雨,
有的人飘起了雪花,
凛冬就在周围,古老的生死场。
今晚的月亮将继续悬挂在高天之上,
映照着蓝色星球上的每一场海难。
死亡的潮汐
终将卷走每一座时钟与房屋,
每一个罪犯与圣徒。
无论宫殿前的台阶是否坚固,
牛栏前的脚印是否善良,
无论这世界此时是身陷铁牢还是蛛网。
更不必再感叹我们比人世虚无,
我们和我们的悲伤都深不见底。

这世上有些人不想出生,
有些花不想绽放,

有一些雨不想落下。
我曾经见证有无数的我悄然散去，
他们在人群之外，
在蝴蝶的体内逐渐失去光芒。
也有无数不存在的我从未到来，
我不曾看到他们训练有素的消亡。
我该为自己感到幸运，并记住
这永恒的唯一的命运。
我的幻灭如此婀娜，
是你在黑夜带着白鹭来看我。

铁用一辈子来生锈，
人用一辈子来受苦，
这些年我走遍世界，
身体是我唯一随身携带的祖国。
而我又是如何拥有了你，我的生命？
每一天万物在我体内来去匆忙，
可这身上没有一个细胞是我自己的，
没有一滴血是我自己的，
没有一口气是我自己的。
我知道摧毁花朵的力量也在摧毁石头，
当人时渐尽，沼泽摇动天空，

明日醒来，在又一个蔚蓝色的
清晨里，我与宇宙同此须臾，
我并不拥有自己，宇宙并不拥有自身。

乌鸦

如何将冬日
伪装成夏天？
如何给一个恶毒的词语
披上袈裟？
走了很远的路，
也该歇一下了。
你在一个广告牌边坐了下来，
一声不吭地看着
一个被乌鸦啄破了心脏的影子
在树底攀爬。

时间的齿轮

星期一,

星期二,

星期三,

星期四,

星期五,

星期六,

星期日。

一月,

二月,

三月,

四月,

五月,

六月,

七月,

八月,

九月,

十月,

十一月,

十二月。

春天,

夏天,

秋天,

冬天。

一年,

两年,

三年,

四年,

五年,

……

几个十年一起转动

我的前世,

我的今生,

我的来世。

时间是机器,

人是机器人,

几个小齿轮

转动

一个大齿轮。

第三部分

穷人的
慰藉

在梦中

还没学会人类的语言,
就坐在椅子上
啃脚。
像温柔的萨特
在抽夏日的烟斗。

几个月大的天使,
小手轻轻触碰
父辈的鼻子,如小树
伸出细雨般的枝条
轻轻推开云上的城堡之门。

在梦中,我看见女儿
最清澈的月光
洒在天空的脸上。
树枝不会断,
但是妈妈的胳膊会累。

祖国

我还没有去过
马哈茂德·达尔维什的祖国。
一个人的祖国被占领了,
他就拥有了更多的祖国。

流亡者的祖国
是一个背包或者一片云,
里面只有诗歌
没有人行道。

乌云没有一片土地,
只有天上的池塘。
大地上的流亡者,必定也是
天空中的流亡者。

乌黑的、湛蓝的……
眼睛是监狱的窗户。
如果我们可以互相凝视,
可以为灵魂探监。

穷人的慰藉

为什么仰望星空，
难道大地不是星星吗？

为什么仰望星空？
大地已经被占得差不多了。

月亮是穷人的慰藉。
穷人的慰藉永远在天上。

樱桃的滋味

人总是会死的,我的情欲
也有凋谢之时。
早晨我在多情街看见一个女人,
她守着几筐樱桃,眼看天就要下雨了。
我决定在大雨落下来之前爱她六十秒。
让内心的指针走完表盘上的圆圈,
让放纵的念头像夏日的樱桃一样完整。
我决定悄悄爱她隆起的山丘
爱她陡峭的叛乱与清晨,
想象那树枝上的新雪在我面前缓缓落下,
我涉过石头和溪水,走进她深紫色的果园,
听她在树影下蜜蜂一样的鸣响。
想象女人提着身体里的深井,
踩着梯形的阳光,爬上阁楼
有细雨绵绵自天空掉落下来。
我决定悄悄爱她与我的陌不相识。
想象我们在一条闪闪发光的大河边相聚,
两个异乡人的恋情
像所有人爱上所有人。

大雨还没有落下,
她不知我的痛苦,我也不知
她樱桃的滋味,
我只确定她是一个
来自马尾镇刘海村的漂亮女人。
五月的一天,她来到某个街角,
我路过一只蝴蝶,埋葬一段不能发酵的
也无人认领的欲望,雨伞张开又收拢,
一切都静悄悄的,世界在卖它的樱桃,
在大雨落下来以前。

如果已经体面告别

你路过我的世界,
像大雾飘过森林,
像细水流过石头。

生命里最迷人的事情
是无法昔日重来。
否则,所有痛苦都无意义。

过去就过去了,
我们已经体面地告别,
像一群人路过一群人。

马里昂巴德

在左岸,
电影只有靠近文学
才是自由的。
文学靠近
一千零一个
白日梦。
今年,我还没有到过去年,
也没有到过马里昂巴德,
继续当十年的桂冠诗人。

在不同的臆想里,
我这一生跋涉万里,
从不同的方向
抵达不曾去过的墓地。
那里野草覆盖了整个苍穹,
远行的白鹤带来
天庭的风声。

鲨鱼

鲨鱼的肚子里有自行车,
但鲨鱼不会骑着它到岸上去。

景恒街

雾还没有散去,
摄像头照常运行,
大街上,所有人
都穿上了
隐身衣。
我们互相
看不见。

除了我,
没有谁
能听到
这个少年

在红绿灯下面
跳动着一颗
八十年代的

原始心脏。
几十年了,他还在酝酿
一个人的
宇宙大爆炸。

岔路

在智利之夜,
读完波拉尼奥,
我在旷野行走,
等一个变老了的
年轻人。
他还没有来。
远处有哀乐响起。
关于文学与人。
没有谁是突然
离开人世。
那个人
只是朝着
时间的其他岔道去了。
死神
如扳道工。
云化作了雨。

借死亡之名,

一个人

翻过了

一堵墙。

地铁里的稻草人

早出晚归,
我看见地铁里装满了
五颜六色的稻草人。

想象有
一对红色的
铁砧和铁锤,

打一群铁制的飞鸟,
拖着十几节的铁笼子
一起飞。

树枝不会断

一只水獭爱上另一只水獭,
一只蜥蜴离开另一只蜥蜴,
我并不关心。这一切和我有什么关系?

有些遥远的事物,一个丹麦男人
在公交车上
同时爱上哥本哈根的五个女人,
为什么感觉我也身在其中?
而另一个瑞士男人爱上了
一个法国女人,
并在法国南部德龙省的小村庄定居,
他还写了一辈子诗,
为什么感觉我也身在其中?

清晨,我在花园里劳作,
灰喜鹊在枝头鸣叫,或在更远的地方。
我的花园没有鸟笼。
这里曾是夜晚,也将是夜晚。
(这一切和我有什么关系?)

我听到附近有树枝折断了,
还有遥远的枪声。
为什么感觉我也身在其中?

我知道这世上有两个上帝,
一个馈赠生命的礼物,
一个忙着收回一切。
可是人类能制造出病毒、塑料以及诗歌,
却没有造出一棵树。

没有树,树枝就不会断。
上帝,这一切和我有什么关系?

另一种末日

世界只有一个,而我却无穷无尽。
像走过树冠上的光,碎落在污泥的表面。

多么幸福!成功还没有抓住我们,
如死亡还没有降临。

第四部分

隐喻的
悲悯

海明威

削去果皮,
果肉并没有迎来黎明。
天空的钟摆,一个巨大的锤子,
晃动白天与黑夜
扑朔迷离的命运。

没有人知道明天会发生什么。
正义有几副面孔,
罪恶如何轮回,
死亡与重生,
分别生长在哪根枝丫上。

如果空虚会变成面包,
痛苦会变成道路或桥,
往后的日子或许会好过一些,
可为什么不带着绝望生活?

收起猎枪。

现在我相信好死不如赖活着,

今晚海明威也在病床上。

分药器的夏天

每天在梦里飞,
爱飞的人无须葬身之地。

天空又一次结痂在十点方向。
时间的指针一次次掀起新的伤口。

手捧鲜花,昨夜死神又来看我了。
在我人世的剧本即将杀青之时。

悼词,如词语的绞架已经搭好,
我抱着我的宇宙静悄悄地卧在病床上。

诗人,必将在雨天绝处逢生,
所有死去的人在黑暗中收复失地。

轻与重

一枚鲜果
带着未来的森林
从树枝上脱落。

一块石头
带着体内的大海
在高墙上枯萎。

一个人
熄灭可能的宇宙
消失在茫茫人海。

一切破碎的事物
带着最初的完整渴望
再破碎一次。

十字路口

一条路横在我的面前,
将我的路切成两半。
我没有信仰过上帝,
却不小心走在了十字架上。

尖叫

站在离人群最远的地方，
尖叫是我唯一的冷兵器。

托蒙克的福，
现在我已经没有了声音。

生活本来就没有什么事情是
必须大惊小怪的，

包括今天早晨我又在厕所里看见
不知是谁尿出了的自己的灵魂。

内部的森林

握一根虚无的藤条，

走在落满松针的小径上，

走在无数光芒之间。

昨日之我已经睡去，

明日之我还没有苏醒。

让一切慢下来，今天是我的日子，

我要好好照顾身体里的森林。

安静地呼吸，冥想，让风吹进来，

听树枝在风中轻轻摆动。

缓缓地饮水。让泉水漫过石头，

浸润草地，古老的蕨类。

安静地观看，白鹭在空气中飞舞，停云。

麂子在雾里时隐时现。

雨落下来，淅淅沥沥。

打湿每一片叶子。

忘记尘世

一切词语和液体的游戏，与缥缈，

我必须听到林间所有物种的悲鸣，

认真感受身体里的太阳和月亮

在森林的顶部相继升起,又落下,
每一个拉长的树影,都是神明的指针,
告诫我,夜晚来临时把灵魂关进笼子,
不要带火种上山。

词语

1

一个诗人倒下了。
没有酒瘾,也没有吸毒,
他每日迷恋词语,指挥意义的乌鸦
在生命的枯枝上飞翔。
在入睡前,在醒来之后,在梦里
每天注射过量词语,
清澈心灵上的无数针孔。

2

每天暴露在语言中,
接受每一个词语的核辐射。
我们不可避免地在语言中异化,
长出不同形状的肢体。
是语言让人类分化成不同的物种,
达尔文之外的人种起源。

3

如同人生，词语本身毫无意义，
只是我们在里面塞进了天堂、地狱、雨水和花园。
在语言的森林里，蝴蝶会变成石头变成老虎。

4

灵魂每天拄着词语的拐杖走路，
我积攒的一辈子的失望，
不会厚过一张白纸。

5

遇到一个词语，考虑圆形切工，
金字塔形切工，尽量释放最多的光。
雷迪恩，七十个切面，
祖母绿切工，长镜前的迷宫。

6

生锈的稻谷,煮熟的黑铁。
我曾自命不凡,妄想用死去的
疯癫的语言,普度众生。

7

睡觉时我把自己藏在附近的山洞里,
醒来时发现我又回到了自己身上。
诗人的一生,以隐喻为食,
词语是清晨的露水。

我们从不哀悼

每天逝去的
东西太多了,
光线,流水和鸟鸣,
还有独一无二的
清晨的蓝。
现在橘红色的太阳
又坠毁了,
每天一场空难,
我们从不哀悼。
想到大风吹起了
我未来的坟墓,
把它变成一只飞鸟。

人子

我已经辛辛苦苦
走了很远的路,
你怎么忍心
责怪一条鱼
不小心
游到了你的
锅里?

苹果落在明处,也落在暗处

我丢失了
很多面镜子,
也遗失了我在镜子里的
无数面孔。
人总是要死的,
像山上的石头
一层层地剥落,
像夜的帷幕
一次次被黎明撕开。
苹果落在明处,
也落在暗处。

消失的夏天

天越来越凉了,
我在景恒街买玉米,
中午的这顿饭大概就这样了。
想起老屋后的菜园,
被棕榈树切碎的夕阳,
散落一地的灰烬与余火,还有
高粱、苎麻、蓖麻、芝麻与向日葵,
绿油油的红薯藤,竹篱笆里
佛塔一样的笋尖和细伞,
以及夏日结满果实的两棵枣树,
它们一大一小,立起麻雀的天堂。
我的童年,饱尝艰辛却也应有尽有。
虽然那时我还没有听过《斯卡布罗集市》,
不知道鼠尾草、迷迭香和百里香。
每天守着名义上属于祖先的土地,
不断地朝屋后的小池塘扔下石子,
像未来的人生一样抛起,
漫无目的地沉落,
又如扔下一枚枚果核。

月亮升起来的时候,
是谁突然牵起我的右手,
撰写有关永恒的诗集?

上帝不保佑加沙

火热的夏天,一个失败的人
在候机楼一样大的医院
又一次报到成功。

到处是咳嗽声。坐在灰皮椅子上
等待秃顶医生喊我的名字,
想到地中海。

手机里有医院炸出了孩子。
哦,上帝不保佑加沙!
我打开备忘录。

抽一点无用的时间
伸张一点无用的正义,
悄悄保佑我秘而不宣的良知。

我曾经在地中海的另一边生活,
此刻海水湛蓝,上帝沙哑的目光
正在照耀度假的人们。

死神又换了镰刀

一名乌克兰伤兵
假装用步枪射杀自己的心脏,
俄军用无人机投弹将其击杀。

一名俄罗斯士兵
躺在路边装死,
乌军用无人机投弹致其身亡。

一名乌克兰士兵
试图向俄军投降,
被战友使用自杀式无人机处决。

战争已经打响,
无人机带上炸药和眼睛,
一次次谋杀第聂伯河夜空中的月亮。

蝴蝶梦

小时候看到一群群蝴蝶
在屋后的菜园里飞,
除了蝴蝶,我还看到
微风、阳光与花朵。

后来在街边
看到一只蝴蝶在天上飞,
我不知道那是庄周,还是孤单的
梁山伯或祝英台。

现在我只能看到半只蝴蝶
在梦里飞,
仅仅是半只蝴蝶,
还有它不断破碎的
野兽的面孔。

消失的黑天鹅

1

我掌上的纹路不是
尘世地图。
我心中的世界是
世界本身。

2

一个人本主义者的死亡。
如果我消失了,
太阳如何闪耀?大雨如何落下?

3

雨天打一把黑伞,
走在潮湿的街道上。
像一只消失的黑天鹅,
走在冰封的湖面。

4

日子向前,人生向后,
所有的风景都是
节节败退的桥。

5

雪花说,
没有污点就没有存在。
污点是人类之母。

魔鬼的早餐

我决定早餐加一颗原子弹,
不够就再加一颗。
只有死亡让死亡痊愈。

卑微的事物

1

有蓝色的墨水吗?借我。
我的第六指缺血了,
里面流淌着蓝色的血。

2

人是无法成为神的。
再骄傲的人,也有卑微的臀部,
裂成两瓣,被各种布料包裹着。
而神总是正面迎着你,
倏地消失在你面前。

3

枣树开花了,
春天里的谦谦君子。

4

满地都是剩下的人,
开元寺的钟声。

5

马孔多的雨停了吗?
河水猛涨,船被推到了天上。

野生的上帝

如果上帝不是野生的,融入到人类的文明之中,上帝的意义在哪里?如果人不是野生的,只是上帝围栏里的家畜,人的意义在哪里?

三月的一天,我梦见教堂里长满荆棘,大街上人来人往。天空中那本摊开的古书上说,上帝与人注定要互相驯化。

我还没有创立自己的宗教,也没有自己的信徒。我每天都在驯化自己,我同时做自己的上帝与家畜。我还是一只日夜散发着汽油味的甲虫,孤零零地爬过人世。

我经历的一切都是我的世界,我抗拒的一切都是我的墓志铭。

脱水的云

一个人
在荒野徘徊,
像脱水的云朵,
挂在树枝上。

当我厌倦人世,开始爱上活着

请以无病呻吟来祝福我。如果这个词
让我收获蓝色的忧郁,也收获绿色的健康。

我们都是时光杀手,信奉一些奇形怪状的事物,
宁愿为罂粟、银器和理想而憎恶自己的生命。
每天练习一边处决自己,一边为幸福祈祷。
现在我要把自己放在中间,大胆为自己活了。

锄头、表格、人类、月亮、《银河系漫游指南》
都扔到一边。
扔掉所有的一成不变。有些时候,
人要像大地一样拖泥带水,要像花朵一样四分五裂。

前天,我看见几根正在腐烂的木头
静悄悄地卧倒在松树林里。我们都没有说话,
今天再次路过时上面已经长满了美若天仙的蘑菇。

我听见群鸟一起歌唱,
朽木无须雕刻,朽木会长出蘑菇。
我听见内心的松树林在歌唱,
当我厌倦人世,开始爱上活着。

时空避难所

现实主义的大雨,淋湿了大街上最滚圆的乳房。女人瑟瑟发抖,男人看着窗外。

"生不逢时,每个人都遇到过。我没法帮她,你看她冻僵的手变得火辣辣的,没有壁炉或暖气的时候,人就只能以风雪取暖。"

"我马上就要走了,时间紧迫。从前活着是我的副业。"男人站起身。
"那主业呢?"
"逃!"
"去哪里?"
"时空避难所。"

男人接着说,那里有个所长的职位,空缺了很久。

冷风中,我闻到一股烧乌龟壳的气味,也不知道是哪位古人穿越了,来十字路口占卜。

大冬天的,另有一对小贩夫妻在路口卖冰糖葫芦。他们怕城管,但不怕秦始皇。

我提着行李,也在时空的罅隙里四处流浪,看到每个时代有每个时代的勇敢。有些时候,人是自由的。又幸好有些不自由的事情,否则真的没有借口掩盖这一代人又一代人的碌碌无为。

无知之幕

我摔下悬崖,
撞在石头上摔死了,
石头是无知的。

我掉进水里,
精疲力尽,被水淹死了,
水是无知的。

我陷落在人群之中,
从此失去天空的方向,
人群是无知的。

这世界可能没有那么多的恶意,
是无知的事物
毁灭我。

摘自熊培云小说《三段论与红磨坊》

没有人能走进自己的命运

不是无处可逃,而是没有人
能走进自己的命运。
你缓缓合上书稿,
在十二月的一天,
月亮的马车悬停在夜空中央。

在遥远的雨季,云层以下,
一根根枯枝正在长出蘑菇,
它们也想改变命运。
而我们都是自己人生的缺席者,
我们的人生济济一堂,
此刻正在河的对岸高举酒杯。

当人类走出了伊甸园,
就脱离了上帝的控制。
从此在这人世的舞台井水不犯河水。
人和上帝是两块移动的悲伤。
谁也不知道这一出人间大剧走向何方,
上帝只是局外人,随身带着一个小马扎,

在后面追剧不停。

剩下的故事只是随机与偶然性。
我们分饰一角,会流泪的木偶。

杯子不渴,每天都会装满清水。
我本清心寡欲,却不知道
是什么幕后之手在身体里倾倒情欲。

诸神与鸟兽也搬来小马扎,
看上帝自动播放的露天电影,
约翰·康威的生命游戏。
我追不上脑子里的那头彩色牦牛
在白纸上奔跑多年,如今也无踪无影。

在他乡的雨中

满地都是花瓣。
樱花暴乱的时候,
海棠花也暴乱了。
如果大地
只是诸神的
餐桌。

第五部分

独幕剧

人类生活研究

法官大人，这些年来，我从牛栏一直找到了皇宫，都没有找到我自己。

后来以为写作可以找到自己，为此我写了很多书，不过里面没有一个人物是我。

接下来我又走遍了世上所有的监狱和庙宇，也没有找到我。

您知道的，监狱是内心向恶的人被囚禁，通常用来关押人性中的野兽；

庙宇是内心向善的人直接把自己送进去，为了扣押人性中的神明。

好吧，您说是栽种也可以。

而我什么都不是。

说到底我是一个普通人，相信美与道德一直在发生变化，只想在自己的标准里好好活着。

就这样，几十年后我阴差阳错来到了一片墓地，那里围了很多人。

当时的情况是，一位考古学家说了，墓主所有的器官都是自己的，除了脑子和心，以及一个小脚指甲。

"天哪！为什么有一个小脚指甲不是他的？在右边还是在左边？是哪一个？"

围观者都被一个小脚指甲带跑了。

之后那群考古学家也都跑了。

荒山上，只剩下我和一座废弃的坟墓。

我知道，那里躺着的人是我自己。

难怪前几天的一个晚上，我分明看见自己躺在墓穴里看《百年孤独》。

我幻想马孔多的雨滴在了我的心上。

后来，山岭上聚集了越来越多的乌云。

在雨落下来之前，我把刚刚挖出来的我又掩埋了一次，并且十分礼貌而得体地道别。

我必须说，法官大人，我没有侮辱尸体。

我是清白的。

当时我决定再次埋葬自己也是心甘情愿的，况且用来埋葬我的那些泥土比我们当中的任何人都要古老。

它们曾经是圣徒，当然也可能是罪犯、天鹅和星星。

我的意思是，大地接纳所有的尘土。

而且，人应该接受自己最后的命运。

泪在泪中，土掩埋土。

有关一棵树的死亡

法官大人,我是一个诗人,每天清晨我来到阳台。像一个船长坐在甲板上,读诗。每一首诗篇都像海鸥。落地窗外的树随风舞动,像海浪。

这天是个例外,一棵树在我的书房等我。

"坐下来聊聊吧!"我说。

树解释它不习惯坐沙发,但是可以请它枝条上的鸟下来。如果我能给一点面包屑,它们都会非常高兴。

我们聊了很多事情。比如当人类从树上下来的时候,上帝是否考虑过帮人类一把?以及雨水,这些大洪水的子孙,如今已经被困在了海里。鬼知道它们是不是正在酝酿一场新的叛乱?

之后我们还谈论了夜晚。我说对于即将到来的夜晚我并不熟悉。我特指下一个夜晚。如果需要我们也可以邀请它提前过来坐坐,包括邀请死亡还有明天的太阳。

树说没有这个必要,迟早都会见到的。诗人和哲学家总是不善于活着,却假装善于死,所以时刻谈论死亡。

"你知道罗丹的思想者,除了假装在思想,其实他什么也没有。"树接着说,"只有你想象他在思考时他才会思考,否则就是一块青铜,至于其他赝品更不过是石头与泥。"

这是无比平常的一天。我说如果我今天死去,我们相聚的这个日子就会刻进我的墓碑。

树准备离开的时候,门铃在响,是装修队的人来了。他们准备在我的伤口上砌墙,并且刮好泥子,用最好的材料。我觉得现在没什么必要,就把十年前的订单取消了。

如果你们需要,我可以叙述之后做过的一个梦。在梦里,那棵树告诉我是它的祖先第一个把猴子赶下来的,于是所有的树都有了原罪。我听着有点奇怪,就醒了。

它的意思是如果当年树不把人赶下来,其他的生物还会好好活着。

树也会有原罪吗?

我不知道树走了没多久就会死掉。

不过说好的"人挪活,树挪死",可能只是这个古老咒语的原因吧。大概就是这样。

如果天堂也有地狱

喂,我刚刚分到了房子,虽然不算小,但感觉不是太好。

听说为了管理好天堂,天堂也设置了地狱。想了几个晚上,我觉得我这房子就是天堂里的地狱。

不过事情应该没有那么糟,而且事在人为,接下来我想把这天堂里的地狱好好装修一下,把不必要的墙打掉,在需要的地方装上窗帘。我希望增加一点隐私。再换几盆花。

另外,马桶也需要换一下,已经堵了好几次。

什么?天堂已经足够好了,谁有改造天堂的想法谁就必在地狱之中?

啊……

嗯……

是,是,您说得对……

谢谢提醒!我这该死的想法。天上有更艰辛的工作。

我需要为自己不洁的观念写悔过书吗?热爱天堂,人人有责。

我可以做到的,我不能重蹈我在人间的覆辙。

没其他事了,哦,上帝保佑。

可疑的仰望

好吧,再问一遍 ——
为什么仰望星空?
难道大地真的很差吗?
它不是天空的一部分吗?
现在我躺在墓穴之中,
背靠着一颗星星。

母鸡并没有压迫鸡蛋

法官大人，事实的确如此，当时母鸡在窝里，也在鸡蛋之上。

但是母鸡并没有压迫鸡蛋。

关于这一点，您是知道的，我没有偏袒母鸡，只是为它辩护。

是的，您说得对，有时候母鸡的确会啄破鸡蛋。

但那是为了让里面的小鸡能顺利地出来，这也算事出有因吧。

是的，您说得对，母鸡没有征求鸡蛋的同意，准确说是小鸡的同意就擅自趴窝了，而且还亲自生下了鸡蛋。

这的确是母鸡的过错，毕竟许多本能可能是反文明的。

是的，母鸡不能把自己当作大自然的一部分，母鸡在自我认识方面是有责任的。

是的，雨水也有过错，在降落之前它们至少应该给河床打一个电话。

还有风也一样。

是的，鸡蛋的意见很重要，河床的意见很重要，地球的意见很重要,就是这样的。我们来到这个世界之前,应该递交申请……

是的,宇宙大爆炸太自私了。有人竟然大言不惭说这是一件自然而然的事,该死的母鸡,这个观念太自私了。

天鹅

过去我一直在人类之中生活。
可是人间太复杂了。无数迷宫。
发明上帝的人也发明了国王,
创造自由的人同时创造牢笼。
所以我决定避开俗世的人,
这辈子选择投胎做了一只天鹅,
却没想到被两个流浪汉抓起来关进了笼子。
周围人来人往,他们撑着伞。

相比之下,我又觉得自己是幸福的。
有些人投胎变成一头猪一只狗,
或者投胎后还是做了人,
却不幸死于同类之手。

笼子是小了一点,但就算是
把我关在地心里我也能看见天空。
您知道的,我的翅膀长在心上。
况且多大的地方是大呢?
小到地球大到宇宙,哪个不是笼子?

未来是一个隐喻

这个夏天,大水漫上来了。陆地有森林,而大海却是一个潮湿的秃子。偶尔有几只轮船的跳蚤,在上面蹦来蹦去。

走上山岗,我在林间遇到一位垂死的猎人,他说自己准备明天就去死。我说这是一个超脱的决定,因为明天永不来临。

一个声音说,无处可逃,要躲就躲到老虎的肚子里去,这样就可以成为老虎。

可是现在没有老虎,只有猫。谁会把自己做成一份猫粮?

在不远处那个名叫未来的小镇上,所有的人都被一根看不见的绳子牵着,所有的苹果都将消失在枝头,连同果核一样大小的火宅,如石头沉落于死亡之海。

抛开事实,逃到隐喻里去吧!我说,人总是要学会超越现实。又想起了那位神经衰弱的诗人,人怎么能不爱精神病院?

未走完的道路

你好啊,我的道路,我没有来得及去找你,
你却来寻我了。风尘仆仆。
我曾在莎草纸与墓志铭中寻找自己。
也曾穿越希腊和罗马的森林,里面铺满落叶
与神的面具。

诸神的假面舞会已经悄然结束,人已经陆续登场与离场。

现在,我独居在一个小镇,每天出入咖啡厅、医院与菜市场。

站在我的角度,天上的星星不比消失在街角的汽车尾灯大多少。

我依旧爱着这个世界,不想什么事情都尽善尽美。听一个会算命的教授说,这一辈子如果有未了的心愿,下辈子还可以再来。

数沙子的人

你说，生活和理想都不曾让自己低头，除了星空。

——低头是为了避开星空。

你说，走开！让我把这里所有的沙子数完，命运已经承诺，数完了这沙漠就都归我了。

骆驼已经走远，四处是风声，还有无数和你一样拼着命细数沙子的人。

枯井

喂,是谁?喂,是谁?
是我,是我。
你从哪里来?你从哪里来?
你是监狱长?你是监狱长?
你是我的知音?你是我的知音?
妈的。妈的。
…… ……

追杀

我落入了陷阱,在森林里慌不择路。
有个黑影追杀我。他提着猎枪。猎枪冒着烟。

醒来的清晨,另一个我站在我的面前。
猎枪在我们之间。

他和我一样疲惫,一样沉默。
我不知道,是我在追杀他,还是他在追杀我。

世界末日

世界末日没来吗?盼了这么久!
真的没来吗?说好了今天来的。
中午 12:00。
……　……
已经过去两个小时了。
看来世界末日真的不会来了,是真的不会来了吗?
哦,原来是这样。因为天太冷了,按钮启动不了。世界末日暂时取消了。
好吧,这鬼天气!
这鬼天气把世界搞得一团糟。

蚂蚁

一只黑色的蚂蚁来到世界上,不会因为另一只蚂蚁和自己的观念不同而烦恼,更不会想着扑上去咬死它,只是因为观念不同。

但是人会咬死他的同伴和陌生人,还会在咬死他们之后说:"我是更好的人,我骄傲。"

下雨了,我想借着雨水的天梯到天上去。我是尘世的污点证人,也是污点本身。

我的生命

请进！我的生命，外面的雨很大，请进来吧！我这里有炉火，可以烘干你潮湿的心，我们一起喝一杯咖啡或者清水，我的生命，我唯一的神明。你又赶了一夜的路，在我醒来的清晨来敲我的门。

是我辜负了你，我这该死的渎神者。

几十年来你打了无数个电话我都没有接着，写了无数封信我都没有回复。这世界到处都是希望，多到令人绝望。

我的生命，现在我看见了你清瘦的身影，我听见了你微弱的声音，我想象你与我同行……

而现在你又消失了，我的生命，如在记忆与幻梦的树枝下轻轻拂过的一缕风。

影子

我生命的插座坏了，再也无法给我的影子充电了。

我的影子就要消失了，各位行行好。

要不就请借根钉子，让我把影子钉在时间的墙上。

清晨是走向尘世的渡口

多数人都相信最好的人生是从尘世走向天堂。

而我正好相反,每天都是从天堂走向尘世。

清晨是我的天堂。读书,准备早餐,缓慢地咀嚼、吞咽,喝一杯茶或奶。

一间简单的厨房,里面没有上帝,没有蛇,没有夏娃,也没有琴声,没有破损的黄昏和垂死挣扎的深夜。

清晨是我走向尘世的渡口。这里是世界之初,万物还没有到苏醒的时候。

我的宇宙朋友

布罗茨基说那些遗忘他的人足以建造一座城市。在这个问题上,我比布罗茨基强一点。遗忘我的人足够建造一个宇宙。

他们随时能找着我,但是我用望远镜也望不见他们。我们从来就是生活在两个宇宙之间,所以我可以证明平行宇宙是存在的。

当宇宙交错时,我常会听他们讲方舟、鲸鱼和肋骨的故事,讲一百三十七亿年前的大爆炸,三十八万年前的天空,讲古代的斗殴与现代的战争,讲世界末日,但那些事情和我的宇宙本质上没有任何关系。

至于宇宙最后的坍缩与结冰也不是我需要担心的事。我的简单想法是,只要我还活着,世界末日就不会来临。

我的宇宙只有一辆艺术的马车在天空奔跑,白鹭和鸭子有时会落在马车上,偶尔上面还会装满玫瑰和稻谷,所有事物都有相同分量的芬芳。

我并不热衷与人交谈,只是每天假装和他们混得很熟的样子。我把我的宇宙当作唯一的朋友。

也许黄昏同样可以做我的朋友,但黄昏总是片面的。虽然黄昏承认活着是一门孤独的艺术,但它似乎更喜欢和乌鸦成群结队,招募每一个跪地而行的影子。

在梦里做客

"我已经二十一个小时没有吃饭了,不能再等了!"

坐在几米外的沙发上,我暗自对自己说。

主人还没有回来,其他九位客人都在大吃大喝。

实在饿不过,我走过去拿起了盘子里的最后一个红薯。

这时候主人回来了,他从我手里把刚刚掰开的两瓣红薯拿了回去。

"亏你还是读书人,不知道程序正义吗?"

主人愤愤地说,我知道他或许只是故作严肃。

接着他走进厨房,穿上围裙,在天平上把那个掰开的红薯小心翼翼地分成了十份。

我不记得是否吃到了那一小份红薯,反正接下来没多久我醒了。

人间的食粮

云中君，没想到在我升天之时遇到你。你是我在《九歌》中见到的可敬可爱的神明。刚才和你说了这么多，你一定相信我是深爱着这片古老的土地和明媚的天空的，就像你深爱着你的这片云庭。

我承认那天我是过了圣诞节的。也怪我命不好，当那两个毛头小伙子过来推搡我时竟然不小心掉进了河里。真是不幸，我可怜的儿子就在岸上眼巴巴看着，他是那样迷惑又无能为力。

圣诞节是人间的节日，所以我就随大流过了。是这样的，我从人间来，当时只是把它当作了人间的节日，完全没有其他的想法。你知道的，没有谁不是活在故事里的，那些喜欢编故事的人说，这世上有个好心的老头，到了快过年的时候就会给每个孩子送礼物，完全不顾多大的风雪和多遥远的路途。多动人的故事啊！它之所以流行是因为至少这份情谊里有人间该有的样子。

如果我们这里的灶王爷或其他人也能这样舍己为人就好了，为什么没人来讲类似的故事呢？相信我的孩子听到以后一定会很高兴的。我能克制自己对异乡事物的想象，也希望有人讲好本乡本土神明的故事，也许二十年、五十年以后会有人来做好这件事，可是我的孩子要长大，他们等不及啊！

云中君，作为云神这些年你也在周游世界，看遍了世间风景。就像南方人不吃饺子不是对北方的背叛，中国人看外国电影不是对中国的背叛，你知道的，那些都是人间的粮食。你每日站在高高的云端，知道世界和浮云一样在不断流转，当天冷下来的时候，雨变成了雪，那也不是雨的背叛。

再见了，云中君，我要走了，以后多讲讲你的故事吧！虽然我听不见，但是地上的人和将来的人都能听见……

人要走在自己的黑暗里

人要走在自己的黑暗里,
从前是这样的。
在黑暗中有神仙,有野火,有梦,
有未知的昨天与明天。
从前是这样的。
每个人都走在自己的黑暗里,
每个人都会遇到暗夜里的赶路人。
现在到处是探照灯,没有秘密,
没有黑夜,也没有明天,
技术的大水涨起来了,世界白茫茫一片。
人类也赤条条地熟透了,
熟到可以看见未来了。

不合时宜的微笑

乌鸦落在枝头,
院子里是致命的阳光。
葬礼上有一个人始终在笑。
哦,为什么没有统一思想?
今天是一个悲伤的日子。
人人都在哀悼,只有照片上的那个人例外。
所有正义的客人都来投票吧!
一定要选出一副板着面孔的表情来
配合我们的哀伤。

黑暗私有制

《奥德赛》里有一段:"众神降灾祸于人类,为让后世有东西可以颂唱。"

世上的所有苦难将终结于文字啊!

我也在人世受尽苦难,可是我的苦难渺小到让世人既看不到也听不到。

我不想把我的黑暗给你,正如我不想把我的光明给你。要爱就爱自己的黑暗吧,不要生活在别人的黑暗里。要哭就流自己的眼泪吧,要笑也是。

口袋上帝

既然全世界的水都会相逢,我也会遇上我的神。

黑塞说过,悲伤的时候就去拜访一棵树。尤其是最孤独的那棵,那里有我的导师,我的故乡,甚至我的人生,我的挫折,我的无路可逃。

有没有一个更加便携的神,属于自己的独一无二的上帝,走到哪里都从口袋里掏出来,然后对着他跪拜?

天哪,我无牵无挂的过去。

饥饿的时辰

清晨路过一堵墙,我听到两个影子在争辩。

一个说,心里有上帝的人还要什么面包?

一个说,手里有面包的人还要什么上帝?

我听说这世上有的人因为上帝丢掉了面包,有的人因为面包丢掉了上帝。

太阳升起来了,再往前走几步,我什么也听不到了,四面都是风声。

我,一个尘世的拾荒者,只知道没有比面包更好的玫瑰,没有比炊烟更持久的诗意,尤其是在这饥饿的时辰。

赞美诗

菩萨都躺平了,
空货车一路笑个不停。
可是有人还在天空挖隧道,
造物主啊!给勇敢的人多一些十字架吧!
多给他一些人世间的责任,
毕竟能力越大,责任就越大。
再让他背起一丈高的贞节牌坊,
爬到道德山的山顶上去,
让他远离功名利禄,
远离饮食男女。
我们会日夜赞美他训练有素的纯洁,
只要他全心全意为我们造福,
只要他能把低级趣味让给受苦受难的我们,
把床铺和厨房让给我们。

狐朋狗友

像我这样喜欢养生的人,会交一些狐朋狗友。

你讨厌狐朋狗友?

如果可以有狐狸和狗来做朋友,相信你也会像我一样十分开心的。

干吗一定要找知心朋友,甚至是灵魂伴侣。你不也找猫、月亮还有口琴来做朋友吗?

我只要它们陪伴我,而不需要它们理解我。这样我就不会对它们失望。

是这样的,人大多数是被自己的期望伤害的。或者说能伤害一个人的更多是他对这个世界的期望。

是的,是这样的,没有比盼望更伤人的。

是的,《金刚经》没说的那句话是 —— 应无所盼,而生其心。

死亡集中营

天堂是否也有墓碑、地狱和死亡?想不了那么多了。生命就是无数个日子用来活,一个日子用来死。

"可惜了,可惜了,十分震惊!"
许多人谈论别人的死亡的时候,总是充满惋惜之情,而且一副置身事外的样子,仿佛他们的一生有死神撑腰,可以永生。

也许他们是忘了人的境遇。在死神的集中营里,每当一个人被送去行刑,那些侥幸未被抽中的人绝不会说:"可惜了,可惜了,十分震惊!"
每个人都有自己的末日终点站。既然没有人活着离开这里,早下车晚下车都一样。

笼中鸟

来根骆驼？听我说件事。我养了一只猫，大名叫薛定谔，也叫薛仁贵或者薛丁山。小名必须叫咕噜，孩子取的。

咕噜，咕噜，我今天忍不住又叫了几声。这么多年过去，突然意识到自己是养了一只胖鸽子。

现在我决定叫它诺贝尔，至少有几天可以这样叫。一家一个诺贝尔，免得世界为每年诺贝尔奖发疯。

你知道的，萨特看不起诺贝尔文学奖，当年他敲了敲烟斗就直接拒绝了。是的，一柄木质烟斗，存在与存在主义的象征。

在此之前，帕斯捷尔纳克害怕批判他的苏联，跺了跺脚当时也拒绝了。当然他很无奈。

一个觉得任何官方机构都没资格评判自己和人类的写作。他听命于文化即自由的骄傲，别想用荣誉分化作家并且奴役我。

一个觉得自己没资格去领诺贝尔奖，万一回不了家怎么办？他服从政治高于一切的怯懦。

这是几十年前大家都知道的事了。问题是帕斯捷尔纳克为什么想回到鸟笼子里去,或者说为什么不愿意从鸟笼子里出来?

这个问题我想了很久。原因可能是笼子里有他的祖国和情人,就算是能带走情人也不能带走祖国。

而笼子外除了自由,什么都没有。而且还有可能是别人的二手自由。

笼中鸟失去了翅膀吗?

也许失去了,也许还会长出新的翅膀。你不知道,笼中鸟有笼中鸟隐形的天空和翅膀。

第六部分

虚构的星辰

一、荒谬时间

1

命运另起一行,安放所有的伤口。
易逝的雪和悲伤的白。

2

黑暗正襟危坐,有时
穿着白色的罩袍。

3

神是古人的核武器。

4

一条鱼就是一座岛屿。

5

大风,做一天和尚
撞一天钟。

6

做梦的人都醒着,
爱笑的人都在哭泣。

7

回忆与想象也是造物主。

8

每个伤口都自带光芒。
让我们彼此照耀。

9

如何杀死一窝鸟蛋?
如果慈善是一场森林大火。

10

没有名字的人在呼唤我。
因果是我们之间的深渊。

11

我把我的心送给了我的影子,让它在天黑之前逃之夭夭。
它逃进图书馆,逃进岩石的裂缝。
如果没有地方可去就继续和我一样逃进忙碌与虚无。

12

人不会去维修蛛网。

13

切开一个苹果,走进它的内部,看见里面有虫子或者没有虫子,这都是真相。

我们每天都与各种真相遭遇,它就埋伏在那里。事物并不撒谎。

14

自杀的一百零一种方式,比如喝下整个大海。

15

死而复生的人,会被过去的鬼魂缠绕。

16

小偷并不擅长越狱,
因为他从不练习把自己
从这个世界偷走。

17

世界末日的意思是,
上帝像人一样把水烧开了,
然后将开水浇在蚁窝里。

18

正午时分,看蚂蚁的死亡旋涡,
我们宇宙每天都在有目的而无意义地
追着自己旋转。

19

飞机占了乌鸦的跑道。
燕子的旧巢破碎在细雨里。

20

树叶覆盖不住鸟鸣,但鸟鸣可以。
所有的结果都是原因,所有的铁门都有墙。

21

每一次的发表都是在修建公墓。

22

左手和右手互殴的时候,
我们说这是赞美。

23

雨落在大地之上,雨就失去了自己的身份。

24

桥梁制造远方,绝望制造开阔。

25

春天裂为两半,像此岸和彼岸,
里面流淌着悲伤的河流。

26

他们来了,成群结队,把贫穷像野菜一样挖走了。他们把诗歌也连根拔走了,还给河水装上了消音器。

27

我路过一个小镇,那里正在实施影子标准化工程。

人是歪的也不用担心影子斜了。

28

羡慕在公园里打太极拳的人,
他们眼里既没有行人也没有苍蝇。
只有定式,像在宿命之中又跳出了宿命。

29

没有上帝,我照样生活。没有身份证,我哪也去不了。

30

一个诗人评价另一个诗人,说佩索阿是没有被割掉的野草。
谁是那把没有被锈蚀的镰刀?

31

即使无人表决,
黄昏也会降临,桃花也会盛开。
太阳升起,火山爆发,阵雨落下,我唱歌。
想想民主真的毫无用处。

32

风雕刻土地与岁月,
人雕刻墓碑和露水。

33

不是只有鞋子破了以后,
脚趾才能够亲吻脚下的泥土。
为什么不赤脚?我的生命花园里有月光和海。

34

有多少人造神,就有多少人猎巫。

35

人是一切没关系的总和。

36

所有的墓地都是为野草铺床。

37

到处都是血流成河,为什么不选择最良善的杀戮?

比如遗忘。

38

梦见去密室偷出自己的档案,
像挖出了一具自己的陈年旧尸。

39

氧气不总是免费的,如果戴上呼吸机。

40

这是庸人的世界。
一个人太成功了或太失败了都会众叛亲离。

41

云卷云舒,天空并不记忆,
每一天的格式化。

二、水面上的陀螺

1

洛尔卡听人说诗歌是忧郁的媒体,写诗的人注定孤独。

可诗人并不害怕孤独,和其他人一样,诗人最害怕的还是长枪。

诗歌给洛尔卡带来了第二颗太阳,而长枪却偷走了他的太阳穴。

一位诗人说要死就死在晚上,因为这样他就可以把一生所有的黑暗都带走。

他四十多岁开始写诗的时候,我的生命都快结束了。

换句话说,那时候我生命中的黑暗都快被用光了。

2

我并不羡慕奥拉夫·豪格的诗歌,只羡慕他有自己的土地和苹果园。

他不必离开自己的家乡,在中国他还有陶渊明这样的远亲。

很多年前我和他一样有两把镰刀,天上的镰刀在发光,地上的镰刀在割草。

3

在词语显现的地方,诸神隐藏了起来。

格奥尔格说,词语破碎处,无物可存在。

世界是一个巨大蜂巢一样的迷宫,而每个迷宫都可以通向一口有关终极的深井,深井里面空空荡荡,躺着五颜六色的意义和真理。

4

有时候诗人更能看到事物的本质,比如从来没有一个人可以拥有地球上的一颗尘土。

生活多美好,每天都美好,不巧的是有一根隐形的绳子一直套着你的脖子。

当我走到生命的尽头,期盼淋湿了巴列霍的那场豪雨同样打在我的身上。

我想在巴黎死去,无论是否在巴黎,无论是否孤身一人,无论巴黎是否存在。

5

我在清晨写诗。不知不觉,太阳升起来了。
想起了詹姆斯·赖特,想起了所有人的哀歌。
我像一匹马,在死神长长的阴影里吃草。
就这样,我不停地走向死亡与复活,周而复始,像一个生死陀螺。

6

人为自己创造了神,一部分人为师出有名,一部分人为逃之夭夭,还有一部分人为自我召唤。奈瓦尔看到上帝死了,那时候尼采还没有出生。之后奈瓦尔把自己吊死在公寓里。

那个能和上帝交谈的人,上帝却没有帮他给心爱的姑娘捎几句好话。

7

安妮·塞克斯顿在成为诗人之前更想成为妓女。
也许她想用破碎的肉体来治疗精神上的病。
女人的身体,为这冰冷的世界提供一座寒窑。
即使最穷酸的男人也想举着火把进来。

8

雪莱说诗人是未经公认的立法者,要为世界立法。

维多夫罗说诗歌是天堂的语言,诗歌早于人类初始晚于人类终结。他还说诗人要像大自然创造一棵树那样创造一首诗,诗人是一位小小的上帝。

可是我只知道上帝死了,诗人不想回到伊甸园。

9

你给我胸部,我给你翅膀。

女人说,我是被聂鲁达的情诗迷惑了。我给了他胸部,他却没有给我翅膀。

我说,你只是被爱情骗了,而爱情又被欲望骗了。

10

桑德堡说，旧神已去，新神未立，从现在起，我崇拜个锤子。
一切坚固的东西都将烟消云散，我们崇拜个锤子。我们这些钉子。

11

所有的偶然性都指向死亡，穆泰奈比是对的。
人是死于诸神的谋杀，而非本来的命运。

12

前面走过艾略特的空心人，他说世界就这样终结，不是砰的巨响，而是嘘的一声。
我轻轻地叹了一口气，约等于朝世界又补一枪。

13

既然人是自由的,为什么不能像莎朗·奥兹一样大胆写性?

为什么要在笔上安装消音器?

14

战争爆发以后,文化人也纷纷政治站队。

默温在精神病院的时候,另一位诗人庞德正好也来了。他们都是诗人,一个崇尚非暴力,一个拥护墨索里尼。

庞德还说那群肮脏的、健壮的、杀不死的、穷人家的孩子将继承这个世界。

15

艾略特要诗人们牺牲自己的个性与情感，献身于诗歌。

可是谁能每天泡在客观的福尔马林里晒太阳？

当艾略特趁着月色去了斯德哥尔摩，没有人愿意相信他领的这个诺贝尔奖属于全人类。

16

玛丽安·摩尔说大海是一座坟。

其实作为收藏家的死神也是一座坟。所有的人类理想，夜晚的天空乃至整个宇宙都是一座坟。

你知道的，我们与其他生物乃至天体都是死亡俱乐部的一员。生命百花争艳，死亡收拾残局，是死神承担了所有。

17

荷尔德林说,诗人的天职是还乡。

我原本站在岸上,一个猛子扎进城里,再也没有浮上来。

我的孤独,曾经那些风和日丽、春光明媚的孤独啊。

我抵达的地方和离开的地方最后都变成了废墟。

我该如何回到原处,让一个倒退的车轮在空气中扎根?

生命像是水面上的陀螺,转不了几下,就会沉落。

附录一

没有角度就没有风景

年少时喜欢艺术，有机会就会涂涂画画。虽然在技艺上不求上进，但我相信自己属于有着艺术心灵的那种人。

若非家境贫寒，买不起相机，或许还会认真学习一下摄影。在物质匮乏的年代，影像同样是神秘而奇缺的。

不过我最喜欢的还是文字，那些方块字都不需要购买，沉迷久了，其他的爱好就只能当副业。虽然工作以后五湖四海地跑，每次都会带一个沉重的相机，主要都是为了记录或者搜集写作素材，而非艺术与审美。回想起来那些日子真累啊，后来有了手机的确方便多了。想拍照了就从口袋里掏出手机，像掏出一块黑色的手帕。

对艺术的热情还在，除了看各种艺术展览，偶尔还写点艺术评论。在实践方面，我对艺术的那点热情仅限于给自己出版的图书设计封面，简单的那种，连 PS 都懒得打开。迄今最满意的封面是诗集《未来的雨都已落在未来》，这也是得益于几年前我在北爱尔兰拍的一张照片，那个漆黑的无名小岛让我联想到了佩索阿与小王子的两顶帽子。

虽说摄影并非我的主业，但是有个审美习惯近乎天性一直保持着，即无论相机还是手机，我会注意构图以及意义再生产。

对于所有拍摄者而言，大多数时候光线与风景其实都是差不多的。

在我看来，摄影和写作一样本质上都是做减法的艺术。没有哪类文艺作品不是在断章取义，这是意义生产的必由之路，或者说是宿命。我们只能活在局部之中，只能在局部之中体验局部之美。毕竟，有谁能穷尽事物的角度呢？

或者说，没有人在生产意义时是脱离角度的，因为没有角度就没有风景。

在我狭小的厨房里，有一面墙上挂着自己的若干摄影作品。而在这些年留下的诸多照片中，我尤其喜欢的是 2012 年在华盛顿拍摄的华盛顿纪念碑。

当时脑子里想到的是"没有托马斯·潘恩的笔,乔治·华盛顿举起的剑将徒劳无功"。

实话说我不太相信此前有人这样拍摄过,后来我把这幅作品收录在《人类梦想家》里面。

有人说学习艺术容易让人狂妄,这不是必然的。相反我甚至认为艺术更可能让人谦卑。前面说了,摄影和写作一样,本质上都是断章取义的艺术。一个从事文化艺术行当的人如果深谙这一点,他就会认识到自己身处何方,知道所有创作都只是在以自己选择的某个角度呈现人世风景。另一种意味的弱水三千,我仅取一瓢饮。

当然,也因为人活着活着明白自己在这世上只剩下这个角度,所以适当的"自以为是"成为必要,否则也不可能形成所谓的艺术风格。不过我并不喜欢形成固定的风格,我更在意人的丰富性,所以读过我诗的朋友知道,我什么风格的诗都会试着写一些。我在隐喻中逃亡,也在事实中呼吸。我不想限定自己。对于有创造性的人来说,风格是毒药,也是死亡。好像毕加索曾经说过,风格对画家而言是最危险的敌人,画家死了之后,绘画才有风格。总之,我不想限定自己,我要尽可能保持自己的丰富性,我不接受任何规定只要唱歌就不能跳舞,不被定义的写作让我自由。

与此同时我还知道，不管用哪种风格去写作，我都只有属于自己的唯一的角度。这也是我无法去招聘一个写作秘书的原因，因为无人可以代替我看见心中的风景。

一定是这样的，当我拿起笔，并且带着自己心爱的文字走向公众时，我知道这只是为世界呈现眼里的或者心里的风景。我不必强求从他人的眼里或心里看到的东西和我一样。如果都一样，那有什么意思呢？许多人会为别人跟自己看到或者理解到的不一样而烦恼，这和要求别人必须站在他们的角度拍照片是一样的。

几天前就华盛顿纪念碑的照片发了一个朋友圈。朋友徐洋看见后也发来了他拍的照片，看得出来当时光线很好。细心的读者或许会发现当日纪念碑周围降了半旗。徐洋告诉我他的拍照时间是 2017 年 10 月 5 日，当时发生了拉斯维加斯枪击事件。这些信息是我上面的那张照片中没有的。

类似照片在不同的时间和地点我也拍过。人们有共通的地方，也有不同的地方，都以各自的方式创造与审美，仅此而已。

到处都是观念的硝烟。人生太短了，有缘在一起的时候我们理应互相欣赏。找缺点每个人天生都会，但要发现美、接受美则更需要后天的培养。

没有哪只蚂蚁来到这个世界上，只是因为另一只蚂蚁和它观念不一样就总想着上前将那只蚂蚁咬死的。然而，然而……

在《人类梦想家》里我特别谈到"寻美者互为深渊"，这是作为意义动物的人的困境。

换一种说法是，这个世界很多观念上的纷争就是不同的摄影师举着各自拍的照片打了起来。这个场面是有些滑稽。如你所见，现在到处是观念之战，人若是在心中真的有对美的追求，理应像罗曼·罗兰说的那样，至少应该超越于某些混战之上。

熊培云

2024 年 11 月 29 日

附录二

唯有文学能够重整宇宙秩序

（在长篇小说《三段论与红磨坊》出版之际，作者对非非虚构提出的若干问题进行了简要回答）

非非虚构：说说《三段论与红磨坊》的写作过程。

熊培云：这是一个从天上掉下来的孩子。此前我花了几个月写的另一部小说，因为生病中断了。而这部小说是在去年六七月份从零开始写的。

我曾经说过自己写作时灵感不断，如同提着水桶去水龙头接水，这次尤其如此。整个过程连行云流水都不足以形容。

虽然那两个月每天都在养病，但这种困境也让我获得了完全不受干扰的某种纯粹。

就像户外接连下了两个月的雨，我被禁足在家中，可以安心地做自己的事情。我喜欢这种纯粹。

非非虚构：对这部小说有信心吗？

熊培云：对文本当然是有信心的，无论文笔还是内核，否则我不会考虑出版它。

的确像有些朋友担心的，在短视频流行的时代读小说的人越来越少了。这是我们这个时代的悲伤，这种下降的趋势可能会维持很长的时间，甚至一直维持下去。现在的人似乎更需要短视频给自己的大脑搔痒，很难静下来读稍微长一点的东西，更别说是长篇小说。

不过那不是我真正需要考虑或者担心的事情，最重要的是完成自己。文学对人生的价值在许多人那里都被严重低估了。我一生最受益的是文学，从某种意义上我重拾文学也可以说是一种报恩行为。

既然这次的写作过程仿佛天意，天意一定会让它找到自己的读者。无论是小说中的江遹还是嘉木舅舅，以及里面的几只猫，包括杰克船长，相信很多读者会喜欢。

一个人如果想对自己好一些，可以将读一部并不十分长的小说当作自己生活的奖赏。

非非虚构：是从此彻底回归文学，告别非虚构写作吗？

熊培云：谈不上彻底告别，有一本关于意义的书积累了很多年，应该还会尽力把它完成。我对诗歌和小说的热情的确较社科更大一些。人生难免顾此失彼，如果说过去写作《一个村庄里的中国》《重新发现社会》《自由在高处》等书籍更多是为尽一个思想者的责任，那么现在回到诗歌与小说则是为了更多的人生自由。我知道在这方面我既有激情也有天赋，有这些足够了。从事文学创作是我生命的起点，甚至可以说我是因为喜爱文学而捡到自己的灵魂并拥有自己的生命的。

非非虚构：简单说一下这部小说和市面上流行小说的区别。

熊培云：其实国内的小说我看得并不多，甚至说很少，所以这点并不好回答。我曾经在文学杂志上读过几篇，无论是语言还是着力点，实在是毫无感觉。

至少《三段论与红磨坊》是有趣的，包括有趣的人物，有趣的哲学观念和有趣的想象力。关于孤独，以及自我的迷宫与世界的迷宫，小说不只是有情节的故事，部分关注了现实，同时更具思辨力与想象力。

非非虚构：会考虑将这部小说影像化吗？

熊培云：完全不会考虑。在写作之初我便决定这是在写一部不能被影像化的小说。这个世界已经过度影像化了。我更喜欢文字，相较于文字，影像所能表达的东西太少了。

二十年前我曾经看过根据《约翰·克利斯朵夫》拍成的片子，完全没有感觉。比如我最喜欢的写在"燃烧的荆棘"里的文字，是怎么也不可以通过影像表达出来的。

现在这个世界就是这么吊诡，尤其在互联网和手机的双重影响下，影像生产与传播无处不在，对图像的过度迷恋让人类在心灵上开始衰老，而大脑却正在回到童年。

非非虚构：《三段论与红磨坊》前后构思了多久？

熊培云：2024年6月的一天，我正在养病，出版社编辑找我约下一部书稿。

我说正好有部诗稿差不多完成，书名就叫《宇宙并不拥有自身》吧。因为喜欢这个书名，当时我和编辑说得比较兴奋。而且那段时间除了家人我几乎不和外人接触了。

挂了电话后脑子里突然无来由地冒出"三段论

和红磨坊"几个字。两分钟后重新拿起电话，我告诉编辑可以加一个选题了。算起来几乎没有构思的时间，完全是灵光乍泄。

不到两个月编辑收到了小说初稿，算是正式进入出版流程了。

三十年前我选择留在北方，是为了在海边支一张桌子写一生中伟大的作品。十年前我曾经为一部长篇小说写了几万字的提纲，因为诸事芜杂最后不了了之。

而这次的写作几乎没有花一分钟的时间谋篇布局，只是一页页写下去，写完后发现结构非常完整，一切浑然天成，一切如在梦里。

我十分享受这种自由而纯粹的状态，那也是我最有创造力的状态。这大概也是我远离人群的原因。

非非虚构：有人说第一部长篇小说往往是作家的自传，你的是这样吗？

熊培云：虽然小说中的故事发生在巴黎、故乡和大学，有我个人生活的影子，但更多的还是想象和创造。我无法在小说中复刻自己的生活，更不会让小说里的人物、故事同现实中的人与事对号入座。

我关注现实，也离不开现实，但现实也是我极力防备的东西。作为自由写作者，我既要摆脱现实主义的诱惑，也在试图摆脱现实主义的奴役。

更无意于让自己的生活在小说中复习一遍，那不乏味吗？没有想象力的生活和写作对我来说都是苦役。

相较而言，长诗《一行白鹭上青天》更像是我的一部诗歌体小说和精神自传。

非非虚构：写作过程中完全接近自由状态吗？

熊培云：没有哪种文体可以像小说一样满足我。小说是文体之王。如果说评论是鲸鱼，那么小说就是大海。当然，这次写作长诗也给了我前所未有的自由。

我在大学待了近二十年，这种身份对我的写作风格构成一定限制。值得庆幸的是我尽量克服了它，所以差不多完全是自由的，无拘无束的。

非非虚构：这部小说对你个人意味着什么？

熊培云：如果生命戛然而止，我会为此感到悲伤，毕竟我深爱着这个世界，还没有把最好的礼物献给这个世界。仅从这点来说，《三段论与红磨坊》的从天而降对我来说无疑是这些年来最大的安慰。

我很高兴借助文学之笔正在寻回属于自己的宇宙，也真正面对自己的才情。事实上这一进程从诗集《未来的雨都已落在未来》的出版就已经开始了。

为此我算是开心了两年。否则我真觉得这一生的苦白受了。

非非虚构：会写长诗吗？

熊培云：在小说之前，我开始了一部长诗的写作，就收在《宇宙并不拥有自身》里面。那部长诗同样给了我有生以来最壮阔的时空感与生存体验，我的人生仿佛被重置了一样，变得美好起来。

前天清晨我翻开《三段论与红磨坊》，重新读了几段，又想到那首长诗，连同这本小说写作时的巅峰体验，脑海里突然涌出一句话——唯有文学能够重整宇宙秩序。

非非虚构：如何描述你的2024年？

熊培云：人生不可预料，上半年苦难，下半年传奇。

附录三

夏日

日子
海水般地逝去
昨日的种子
已经长成了
向日葵

正午的木筏
流淌过
寂静的河
阳光打在你的脸上
也照进你的心里
所有向善与自救的门
敞开着

哦

葛拉齐娅、奥里维

克利斯朵夫

还有田野里奔跑的

老苏兹

我是理性

是力量

是善良

是一生中所有的

热情与痛苦

我是即将来到的日子

摘自熊培云诗集《我是即将来到的日子》

后记

夜幕永不降临

我的每个早晨都是从四五点开始。紧锣密鼓,校完长诗,像往常一样下楼吃早餐。不巧今天忘了带手机,起初觉得不舒服,仿佛身体少了一部分。还好很快适应了,又像是脱去了一件沉重的铁罩袍。坐在人堆里,虽然略显拥挤,却是从未有过的轻松。

只有此处,没有远方。只有食物,没有新闻。

在外面闯荡了那么久,现在最期待的生活反而是早些年在乡下的日子。

半个小时后,回到书房,拿起手机,我又把那一身信息的铁罩袍套严严实实裹在了身上。回想大半辈子都在为无数多余的信息服刑,年轻的时候甚至还为这套隐形的电子刑具之诞生无节制地赞美,说互联网的到来是庶民的胜利。

我时常追忆逝去的生活是真的。早饭时的稀饭、油条、包子，外加一点咸菜。广播里的《我的未来不是梦》。租书摊上的金庸、三毛和琼瑶。还有诗歌热。

昨天网上铺天盖地的是琼瑶轻生离世的消息。这么多年，我唯一看过的言情小说是她的《匆匆，太匆匆》。当时大概十三四岁。还记得那个夏日的午后，蹲在老屋的门前，捧着那本不知道从哪里借来的小说一直读到了天黑。

在匮乏的年代，每一道光都格外耀眼。而现在这个世界已经丰盛到没有夜晚了，夜幕永不降临。

随着电子化的推进，越来越多的传统媒体倒掉了。所幸诗歌的暗流还在，至少在网上能看到不少诗歌公众号，是它们每天和我殷勤地说早安和晚安。然而我更钟情的还是纸质出版，不但有形，而且独一无二，可以寄寓灵魂于实物。

2024年接近尾声，这是我生命中最漫长而仓促的一年。感谢生命中的爱与孤独和冷，赤子创造了一个世界。在那里，文学和人依旧坐一等车厢，而且白天是白天，黑夜是黑夜。

熊培云
2024年12月5日
J.H.街